初恋だった
同級生が
家族になってから、
幼馴染が
やけに甘えてくる
弥生志郎
ill. むにんしき

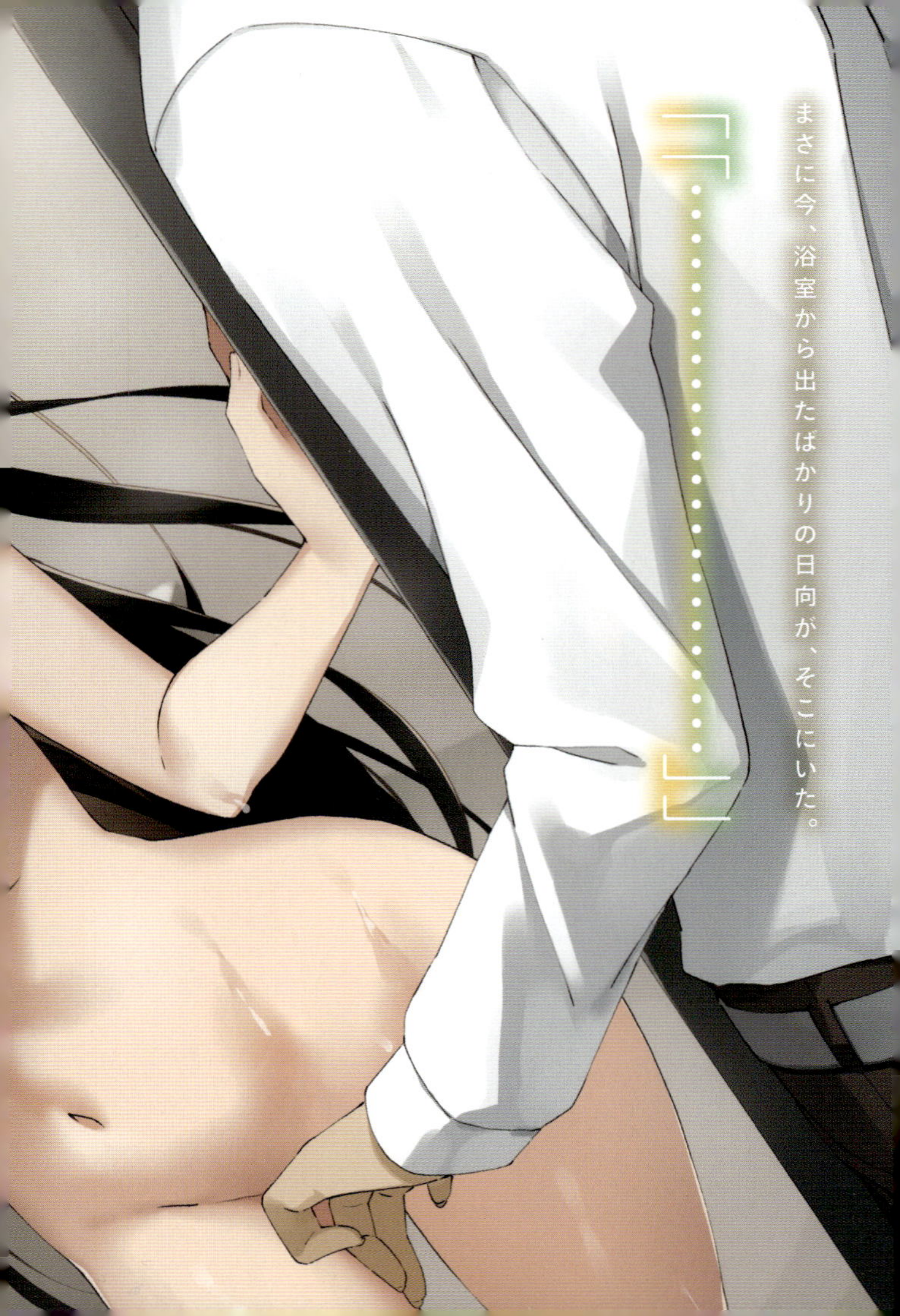
まさに今、浴室から出たばかりの日向が、そこにいた。
「………………」

お互い、呼吸すら忘れていたと思う。
どうして日向がいるのか、
なんて疑問は一瞬で消えた。
一糸纏わぬ日向の姿が目に焼き付いて、
思考も心も奪われていた。

「悠人、好き」

「つ、月乃……っ！」

「好き」

「…………」

吐息さえかかりそうなほどの距離に、
心臓が止まってしまいそうだ。

「今夜、わたしが料理を作ったら、食べてくれる？」
小《さ》夜《よ》月《つき》乃《の》
『月の天使』と呼ばれている、悠人の幼馴染。学校ではクールなキャラで通っているが、実際は生活能力が皆無で、悠人がいなければまともに生活が出来ない。
「まーた強がっちゃって。パイセンってば可愛いなぁ」
槍《やり》原《はら》
悠人のことをパイセンと呼んでからかってくるが、それは信頼と尊敬の裏返し。

「えっ――ふぇっ!?
す、すす、好きって……!?」
「今まで隠してたけど、
日向のこと好きだったんだよ、俺」
朝《あさ》比《ひ》奈《な》日向《ひなた》
才色兼備な生徒会長で、『向日葵の女神』と呼ばれている。実は悠人の異母姉で、彼と同居することになった。
湊《みなと》悠《ゆう》人《と》
ある日突然、父親から異母姉がいることを告げられる。そして、その姉は初恋の相手・日向で……。

contents

Hatsukoi datta Dokyusei ga Kazoku ni nattekara
Osananajimi ga yakeni Amaetekuru

初恋だった同級生が家族になってから、幼馴染がやけに甘えてくる

弥生志郎

講談社ラノベ文庫

口絵・本文イラスト／むにんしき
デザイン／百足屋ユウコ＋フクシマナオ（ムシカゴグラフィクス）
編集／庄司智

プロローグ

俺の高校には、『向日葵《ひまわり》の女神』がいる。

……いや、もちろん女神っていうのは比喩で、ホンモノじゃないんだけど。

「そういえば日向《ひなた》さ、この間教えてくれた化粧水最高だったよ～！　最近合わないのばっかで泣きそうだったんだけど、すっごく助かっちゃった！」

放課後の生徒会室。生徒会メンバーである女子生徒たちが、談笑していた。

今は生徒会活動の終わりで、数人の生徒が残って雑談するのがお決まりの光景だった。

まあ、俺は書記の仕事で黙々と作業してるだけなんだけど。

そして、女子生徒に喋《しゃべ》り掛けられた少女――朝比奈《あさひな》日向が、微笑《ほほえ》みながら答える。

「そうなんだ、あの化粧水良《い》いよね。私も友達に勧められて使ってみたんだけど、効果が凄《すご》くて毎日のお手入れが楽しいくらいだもん。気に入ってくれて良かった」

「本当、日向はお肌の恩人だよっ。いや～、女神様は頼りになるな～！」

「も、もうっ！　それ止《や》めてってば、別に女神なんかじゃないってば」

向日葵の女神――それがこの高校で一番有名な、日向のあだ名だ。

成績は常に学年上位、容姿は見惚《みほ》れるくらい可愛《かわい》くて、生徒会長として生徒や教師の人望も厚く、おまけに家事まで得意って噂《うわさ》のある完璧少女。

それが、日向っていう誰にでも愛される女子生徒だ。

さて、そろそろ書記の仕事も終わりそうだ。そう一息ついた時だ。

「日向さ、この後予定って空いてる？　近くのカフェで期間限定のケーキが食べられるんだけど、一緒に行かない？」

「あっ……今日はちょっと無理かな。誘ってくれたのに、ごめんね」

「えー、そうなんだ。じゃあ明日にしよっか」

女子生徒と会話しながら、日向はスマホを取り出しタップする。と、俺のスマホがポケットの中で震えた。

日向から、チャットアプリにメッセージが届いていた。

——今日の夕飯の買い物がしたいんだけど、付き合ってくれないかな？

——了解。校門前で待ってるから。

そう返信し、仕事を終わらせて生徒会室を出る。

日向が到着したのは、それから数分後のことだった。俺は軽く手を上げて、

「お疲れ。せっかく友達が誘ってくれたのに、良かったのか？」

「そろそろ食材を買わなきゃ、ちゃんとしたご飯が作れなくなっちゃうから。悠人《ゆうと》君だって、夕飯抜きは嫌でしょ？」

「なるほど、それは勘弁して欲しいな。おっけ、なら荷物持ちは任せてくれ」

「うんうん、お姉ちゃん思いの弟だなぁ」

冗談交じりに口にして、くす、と日向は笑う。

姉弟、って言っても俺たちは双子とかそういうのじゃない。元々は同級生だったけど、ちょっとした事情があって今では一緒に暮らしてる少女。それが日向だ。

正直、日向が姉だなんて、今だってすごい違和感だ。

「悠人君、今日は何か食べたい料理とかある？」

「そうだなぁ、そういえばこの前作ってくれたキノコのグラタン、あれ美味《おい》しかったな。また食べてみたいな」

「あっ、あれ気に入ってくれてたんだ。じゃあ悠人君のために作ってあげるね」

夕焼けに染まる空の下、日向と肩を並べて帰途につく。

本当、不思議な気持ちだ。

まさか――初恋だった同級生と、家族として暮らす日がくるなんて。

「……？　悠人君、どうしたの？　何か、ぼーっとしてるみたい」

「ああ、いや。日向と夕飯の買い物をするなんて、未《いま》だに慣れないからさ」

「あはは、そうかもね。私だって驚いてるもん。私たち、まだ家族になったばっかりだもんね」

それも、ずっと片思いをしていた少女と、だ。

日向は同級生で、生徒会長で、そして向日葵の女神で。俺みたいな何の才能もない男が好きになるには、あまりに眩《まぶ》しすぎる存在だった。

けれど、一ヵ月前のあの日。俺と日向の人生は変わった。

俺たちはただの同級生から――家族になった。

一章　向日葵の女神／二人暮らし／ずっと前から好きでした

週に一度だけある、生徒会活動の日。

生徒会室に来た時、ある少女の姿を探してしまうのが俺の習慣だった。

日向《ひなた》、もう来てるかな……そう、生徒会室を見渡した時だ。

「お疲れさま、今日も生徒会に来てくれたんだ」

背後から、柔らかい澄んだ声音がした。

驚きのあまりとっさに振り返れば、そこにいるのは一人の女子生徒。

腰まで届きそうな、カラメルのような優しい栗色《くりいろ》の髪。ぱっちりとした目は少女らしいあどけなさが残り、つい心を許してしまいそうな可愛《かわい》らしい笑みを浮かべていた。

朝比奈日向《あさひひな》――この学校の生徒会長だ。

「あ、ああ。まあ、俺も書記になったからな。出来るだけ生徒会には顔を出さないと」

「うん、良き良き。じゃあ、生徒会頑張ろうね？」

日向が生徒会室に入ると、「あっ、生徒会長〜！」と一人の女子生徒がぱっと顔を明るくした。それが呼び水になったように、一人、また一人と加わっていく。

そんな生徒会のいつも通りの光景を眺めながら、書記の席につくなり、隣にいた後輩の少女に声をかけられた。

「ねね、悠人《ゆうと》パイセン。聞いてくださいよ、大ニュースですよ？」

制服を着崩した、お洒落《しゃれ》な見た目の女子生徒——槍原《やりはら》は、誰かに話したくて仕方ない、って感じにうずうずしていた。

「何だよ、にやにやして。そんなに面白い話なのか？」

「面白い、っていうかショッキング系ですかね。ほら、三年生に佐川《さがわ》先輩っているじゃないですか。バスケ部主将で、しかもイケメンっていう優良物件の」

「ああ、よくクラスの女子が話してるな。それがどうかしたか？」

「なんとですね、その佐川先輩がウチの日向会長に告ったらしいですよ？」

がんっ。

「どしたんですか、パイセン。突然机にヘドバンしちゃって」

「……い、いや、別に。日向の話だったから、びっくりしたっていうか」

おい、嘘《うそ》だろ。日向が佐川先輩に告白された……!?

「へ、へえ、そうなのか。ちなみに、日向は何て答えたんだ？」

「いやー、実はウチも知らないんですよね。日向会長が佐川先輩に告白された、って噂《うわさ》しか聞いてませんし」

「なっ——おい、そんな話題振っといて知りませんって無いだろ」

「気になるなら本人に訊《き》けばいいじゃないですか、そこにいるんですし」

「むっ……」

そんなの、出来るはずがない。

だってそれじゃまるで、日向と佐川先輩が付き合ってるのか、俺が気になって仕方ないみたいじゃないか。

「ほらほら、どうしたんですか～？　年上らしく堂々と訊いてきてくださいよ～」

「うるさいな、日向が誰と付き合ってるかなんて興味ないって」

「まーた強がっちゃって。パイセンってば可愛いなぁ」

いつもながら失礼な後輩だな……いや、もう慣れたけどさ。

「まあ、佐川先輩が狙うのも分かりますけどねー。日向会長って全生徒の憧れですもん。アイドルくらい可愛くて、しかも勉強も運動も学年上位、おまけに胸まで大きいって完璧過ぎますって。あれ多分Eはありますよ？」

「ばっ……！　おい、止《よ》せって。そういうの堂々と言うなよ」

慌てて日向を見る。良かった、こっちの会話には気づいてない。

「何よりも、ですよ。そんなハイスペックなのがちっともイヤミにならないくらい、日向先輩って優しいんですよね」

それが、日向が愛される一番の理由なんだろうな。

誰よりも優しいからこそ、クラスの人気者にも、あるいは友達が少ないぼっちにも、分け隔てなく日向は笑顔で接してる。そういう光景を何度も見てきた。

「ま、だから大抵の男子は『あれ、俺でもワンチャンあるんじゃね？』って勘違いしちゃうんですけど。で、実は自分だと手の届かない相手って気づいて失恋するんですよね。罪作りな生徒会長様ですよねー」

がぁんっ！

ノックアウトされるが如《ごと》く、再び頭を打った俺に槍原はにやにやとしながら、

「んー？　どうしたんですか、パイセン。なんかノックアウト寸前って感じ」

「おい、槍原っ。お前、俺のことからかってるだろ……！」

にしし、と槍原は笑いながら、俺にしか聞こえないくらい声を落とす。

「パイセンが日向先輩に気があるの、生徒会のみーんなが知ってますから。ウチは断然、佐川先輩よりパイセンのこと応援してますよ？」

「……後輩の温かい励ましをどうも。全っ然嬉《うれ》しくない」

「本気で言ってるんですってば。ここだけの話、パイセンなら可能性あると思いますよ？　日向会長、パイセンに気があるっぽいですし」

そんなことない、日向は優しいからそう錯覚させてしまうだけだ。

そう自分に言い聞かせていると、槍原は、

「けど、綺麗《きれい》な野花に見えて実は高嶺《たかね》の花でした、なんて強敵ですね。流石《さすが》は向日葵《ひまわり》の女神、ってとこですね」

「向日葵の女神、か。いつの間にか日向ってそう呼ばれるようになってたよな」

向日葵みたいに明るい笑顔で、誰にでも優しく接する少女って意味なんだろうな。日向

と向日葵で名前にもかかってるし、やけに凝ってるあだ名だ。

「ほんと、女神と天使がいるなんてまるで天国みたいですね、この生徒会」

「……天使？」

「あれ、パイセン知らないんですか？　最近、生徒会の中に『月の天使』って呼ばれてる美少女がいるんですよ？　それはですね――」

檜原が口にしようとしたその時だ。がらり、と扉の開く音。

その一瞬、誰もが扉を開けた女子生徒に目を向けた。

肩に届かない程度の、透き通るような綺麗な髪。宝石のような瞳は神秘的な輝きをたたえ、感情の読めない透明な無表情をしていた。

まるで、精緻な西洋人形のような少女――小夜月乃《さよつきの》だ。

「…………」

月乃は無表情のまま、生徒会のみんなにぺこり、と頭を下げる。

一見無愛想に見えるが、みんなは特に気にした様子もない。この感情表現の乏しさが月乃の平常運転である、と理解しているからだ。

「ほら、パイセン。噂をすれば、ってやつですかね。月の天使のお出ましっすよ？」

「えっ、じゃあ、月の天使って月乃のことだったのか」

「ほら、月乃先輩ってなんか透明感があるっていうか、ミステリアスじゃないですか。月みたいに幻想的で天使みたいに可愛い、って感じです」

……うーん、そうかな。可愛いっていう点に異論はないけど、幻想的ってとこはピンとこない。月乃って、もっと親近感がある女の子なんだけどな。

まあ、俺がそう思ってしまうのもある種仕方ないのかもしれない。

だって、月乃は俺の幼馴染《おさななじみ》だから。

すれ違いざま、俺は月乃に軽く挨拶をする。

「月乃、お疲れ様。今日もよろしくな」

「……うん、悠人もおつかれ。それに槍原さんも。一緒に頑張ろ？」

無表情のまま、月乃は自分の席に座る。隣の下級生の女子生徒が、恥ずかしそうにちらちらと月乃を見ていた。

「ほら、あの娘《こ》とか多分月乃先輩のファンですよ？　月乃先輩って、男子だけじゃなくて女子からも評判なんですから。お人形さんみたい、っていうか。ずっと鑑賞したくなる可愛さがありますもん」

確かに、中学くらいから「月乃の幼馴染とか羨ましいわ」って友達に言われるようになったっけ。周りの男子からすれば同年代の女子は子どもっぽく見えるようで、月乃みたいに無口でお淑《しと》やかな女の子の方が好みらしい。

「月乃先輩の人気、凄《すご》いんですよ？　知り合いの男子に片っ端から『生徒会メンバーで付き合いたい女子は？』ってアンケ取ったら、日向会長に次いで二位だったんですから」

「そんなことしてたのかよ……。それに、そのアンケは不備があるぞ。知り合いの男子って言ってるけど、俺は槍原からそんな質問された記憶はない」

「……？　だって訊くまでもないじゃないですか。どうせパイセンは日向会長に――」

「そういや今日はスーパーの特売日だっけなぁ！　忘れないように卵を買わなきゃな！」

もうやだこの後輩、先輩の純情を弄んでくる。

「じゃあ、そろそろ時間だし生徒会始めよっか。皆さん、席についてください」

日向の一声によって、生徒会のみんなが着席を始める。

全員が見つめるのは、会長席にいる日向、そして副会長席にいる月乃だ。

「では、一〇月一〇日の生徒会を始めます。月乃さん、お願いします」

「はい。この時期は風邪や感染症が流行しだすので、毎年生徒会では予防を促進するためのポスターを作成しています。そこで、去年のフォーマットを基にポスターを――」

月乃の丁寧な説明、そして日向の円滑な進行のもと滞りなく進む。

とはいえ、大きな行事はまだ先なので、生徒会自体はあっさり終わった。

「では、来週に作成したポスターを貼り出すことにしましょう。皆さん、今日はありがとうございました」

日向の挨拶を最後に、生徒会室ががやがやと騒がしくなる。

佐川先輩の一件について、他の人に訊いてみようか。そう考えた時だ。

「ねっ、悠人君。ちょっといいかな？」

一瞬だけ、心臓が跳ねた。

大丈夫、落ち着こう。いつも通りいつも通り。

「ああ、どうかした？」

「予防促進のポスターだけど、去年とちょっとだけ内容を変えようかなって思ってるんだ。悠人君って書記だし、アドバイスしてくれないかなって」

「えっ、俺？　分かった、手伝うよ。生徒会長直々の頼みだしな」

「ほんとに？　ありがと、優秀な書記がいてくれて幸せだなぁ」

日向は微笑《ほほえ》んで、生徒会室に設置してあるノートパソコンを起動する。

そんな光景をぼーっと眺めていると、槍原がこっそり俺の脇腹をつつき、小声で喋《しゃべ》る。

「ねっ、パイセンなら可能性ありそうでしょ？」

「……俺が書記だから声をかけただけだって。特別な意味なんてないよ」

「消極的だなぁ。じゃあ、幸運を祈ってますよん」

槍原が別れの言葉を残して去ると、生徒会室に残されたのは俺と日向だけになった。他のみんなは帰ってしまったらしい。

平常心を装いながらノートパソコンを覗《のぞ》く。画面に映るポスターのレイアウトを見て、思わず俺は目を丸くした。

「インフルエンザ予防接種の助成金手続きについて……？　こんなの、去年のポスターには無かった気がするけど。もしかして、これが日向の言ってた？」

「うん、変更点。申請すれば割安で受けられるから、予防接種を忘れちゃう人が減ればいいなって思って。特に、受験生の先輩なんて大切な時期に倒れたりしたら大変だから」

そのためにわざわざ調べたのか？　誰に頼まれたわけでもないのに。

「……なんていうか、日向って相変わらずお節介だな」

「むー。なんか、そこはかとなくバカにされた気がする」

「純粋に感心してるんだって。去年と同じテンプレでも誰も文句言わないのに、それでも改善しようとしてるんだから」

「あはは……生徒会長だから、かな。やっぱり、頑張らなきゃって思っちゃうよ」

こんな日向だからこそ、生徒会のリーダーになれたんだろうな。

向日葵の女神、なんてよく言ったものだ。日向は誰にでも優しいからこそ周りにたくさんの人がいて、誰もが日向のことを信頼している。

だからこそ――俺も、日向を好きになった。

けど、そんな日向に惹《ひ》かれているのは俺だけじゃなくて。ついこの前、佐川先輩に告白をされたのだという。

……………。

「そういえば、さ。噂で聞いたんだけど、日向って佐川先輩に告白されたみたいだな」

「え――ええっ⁉　ゆ、悠人君、知ってたの……？」

「まあ、噂好きの後輩がいるからな。それで、日向は何て答えたのかなって」

「……私と佐川先輩が付き合ってるか、そんなに気になるの？」

ぴしり、と。それはもう、石像の如《ごと》く固まる。

けどそれも一瞬、俺は世間話を装うようにパソコンで作業をしながら、

「いや、そういうわけでもないけど。ただ、槍原がやけに知りたがってたから、後で教えてあげようかなって。嫌なら無理にとは言わないけどさ」

「そ、そっか。えっとね――」

はにかんだ日向の声を聞きながらも、俺はキーボードを打ち続ける。

カタカタカタ、カタカタ。

「ごめんなさい、って断ったんだ。だから、佐川先輩とは何もないよ？」

タンッ。

「ん、そうなんだな」

あと少しでも気を抜いていたら、俺は全力でガッツポーズをしていたと思う。

やばい、すごいほっとしてる。良かった、佐川先輩の告白断ったのか。

「もしかして、私が佐川先輩と付き合うかも、って思ってた？」

「……ほんのちょっとは。佐川先輩って人気者だし、日向とお似合いかもなーって。それに、日向なら恋人くらいいても不思議じゃないしな」

「……そ、そんな簡単に付き合えないよ」

恥じらいを隠すように視線を逸《そ》らし、ぽつりと日向は口にする。

「好きでもない人と恋人になんてなれないもん。初めて付き合うなら、好きで好きで仕方

ないって思えるような、そんな人が良《い》い」

「……そ、そっか」

おい、おいおいおい。初めて付き合うなら好きな人が良いって、なんだよそれ。

めちゃくちゃ可愛いじゃないか……！

「な、なんちゃって！　この話は終わりっ！　早く作業の続きしよ？」

「自分で恥ずかしくなるくらいなら言わなきゃいいのに……」

「だ、だって、悠人君が言ったんだよ？　私なら恋人くらいいても不思議じゃないって。

だから、ちゃんと説明しなきゃって思って……」

そのために顔を真っ赤にしてまで話してくれたのか。生真面目すぎだろ、俺たちの生徒
会長。

「それに、悠人君だから話したんだよ？　私は君のこと、誰よりも信頼してるんだから」

「そんな大げさな。俺なんて大したことないって」

「そんなことないよ、悠人君とは一年生の頃から一緒にいるんだもん。今では書記として
すごく頼りにしてるし、私にとって大切な人なんだよ？」

「……そ、そっか。まあ、日向がそう言ってくれるなら、嬉しいけど」

駄目だ、日向とまともに目が合わせられない。胸がどきどきしてる。

「だったら、日向のサポートが出来るように何とか頑張らなきゃな。不甲斐《ふがい》ない同級生だ
けど、どうかよろしく」

「……うん、そうだね」

これで一件落着だ。日向が告白されたというささやかな騒動は終わりを迎えて、また今まで通りの日々を過ごすことになるのだろう。

……だっていうのに、だ。

不甲斐ない同級生だけど、どうかよろしく——そう俺が口にした瞬間、日向が物憂げに俯《うつむ》いたのが、やけに心に残った。


特売で買ったワンパック99円の卵は、オムライスにすることにした。

マンションで一人暮らしをしている俺にとって、料理は避けて通れない家事の一つだ。

もっとも、隣人のおかげであまり一人暮らしって感じはしないけど。

「よし、上手《うま》く焼けた」

卵をふわふわに焼くコツは牛乳を入れること、らしい。俺にしてはかなり良く出来たと思う。後はデミグラスソースをかけて完成だ。

出来立てのオムライス、それに惣菜《そうざい》のポテトサラダを食器に盛りつけて外に出る。

隣の部屋の前に立つと、いつものように扉越しに声をかけた。

「おーい、夕食持ってきたぞ」

がちゃり、と扉が開き、現れたのはぶかぶかのセーターを着た一人の少女。

お隣さんであり、俺の幼馴染である、月乃だった。

「ありがと。今日のメニューは？」

「オムライスとポテサラ。サラダの方はスーパーで買ったやつだけどな」

「おー」

オムライスの皿を受け取るなり、月乃が子どもみたいに目を輝かせた。

「ふわとろだ。食べなくても分かる、これ絶対に美味《おい》しいやつ」

「言うと思った。その焼き加減が好きなの、相変わらずだな」

月乃とはお隣さん同士という縁もあって、幼稚園の頃から家族ぐるみの付き合いをしている。俺が父子家庭だから、月乃の家族には小さな頃から世話になってばかりだ。

ただ、それも半年前までの話。

月乃は両親と姉の四人暮らしだったが、姉の方が大学進学と同時に県外で暮らし、両親は身内の介護のために一時的に実家に帰省している。そのため、月乃は俺と同じく一人暮らしをすることになった。

……のだが、ここで大きな壁にぶち当たることになる。

学校の誰もが知らないことだけど、実は月乃は生活能力が皆無なのだ。

掃除や洗濯なら、まだいい。簡単に覚えられるし、最悪忘れても暮らしていける。

問題は食事関係だ。月乃はちゃんとした料理を作ったことが一度もなく、毎日食事を作るなんてもはや不可能と言ってもいい。

じゃあ、しばらく一人暮らしをしなきゃいけないのに、誰が月乃のご飯を作るの？

そこで白羽の矢が立ったのが、俺、というわけだ。

「悠人がお隣さんで良かった。悠人がいなかったら、毎日三食食パンだけで生活してた気がする」

「鳩《はと》みたいな食生活だ……。そうなる前に料理とか覚えたらいいのに」

「カップスープにお湯を入れるくらいなら出来るよ？」

「それを料理って言い張る月乃の度胸に俺は驚いてるよ」

こんな感じだから、「頼めるの悠君しかいないのよ」と月乃の母親が俺に相談したのも頷《うなず》ける。

俺も月乃には偏った食事をして欲しくなかったし、今では毎日のように月乃の夕食を作っていた。俺は断ったんだけど、月乃の両親から食材費&調理代として毎月三万円をもらっているから、ちゃんとしたご飯を食べさせてあげてると思う。

そんなわけで、俺は月の天使のお世話係に任命されてるのだった。

月乃は奥の部屋へと消えると、昨日俺が渡した夕食の食器を持ってくる。

食べた食器は翌日、洗って返すのが俺たちのルールだった。

「昨日のハンバーグ、ごちそうさまでした。それと、今日のオムライスもいただきます」

「どういたしまして。月乃も何か食べたいのあったら遠慮なく言ってくれてもいいから」

「別に何でもいいよ？　悠人が作る料理、全部美味しいからな」

「そういうのが一番困るけど、やっぱ一番嬉しいんだよな」

　さて、そろそろ部屋に戻るか。

月乃に別れの言葉を言いかけて、「ねえ、悠人」と先に月乃の口が動いた。

「日向さんのこと、大丈夫？　有名な上級生に告白された、って聞いたよ？」

「月乃までその噂知ってたのか。っていうか、大丈夫、ってなんだよ」

月乃が浮かべるのは、まるで感情の見えない透明な表情。

「だって、悠人は日向さんのことが好きだから」

「……別に、そんなんじゃないって。月乃まで俺のことからかうなよ」

「本気で心配してるんだよ？　生徒会が終わった後、悠人って日向さんに声をかけられたでしょ？　あの瞬間、ちょっとだけ辛《つら》そうな顔してたから」

これだから、幼馴染っていうのは厄介だ。

誰も気づかなかった些細《ささい》な変化を、こんなにあっさり見抜くんだから。

「さあ、どうかな。それは月乃のご想像にお任せするよ。ただ一言言っておくと、日向は佐川先輩と付き合ってないみたいだけどな。告白、断ったらしいぞ」

「ふーん、そうなんだ」

「あんまり驚かないのな」

「何となくそんな気がしてた。日向さんって真面目だから」

うん、それには全面的に同意だ。

「でも、まだ日向さんに恋人がいなくて良かったね」

「だからそんなんじゃ――まあいっか、日向が先輩に告白されて不安だったのは事実だしな。励まそうとしてくれて、ありがとな」

「……？　どうして感謝なんてするの？」

月乃の顔に浮かぶのは、天使を思わせるほど可愛らしい、仄《ほの》かな笑み。

「だって、わたしは悠人の幼馴染だから。落ち込んでたら慰めてあげるのは、当然だよ？」

「……そっか。そうかもな」

同級生の男子や槍原は言う。月乃は幻想的でミステリアスだ――それは正しいかもしれないけど、みんなは月乃を知らないだけだと思う。

他人のためにこんな優しい笑顔を浮かべることが出来るのだ、月乃は。

俺は部屋に戻ると夕飯を食べる。それから後は、自由な時間だ。思いのまま好きなことをすればいい。

だけど、俺にはやらなきゃいけないことがある。

自室のテーブルの前に腰を下ろし、数Ⅱの参考書を広げる。一学期の期末テストでは数学がぼろぼろだったから、伸びしろがあるとすればここだ。

日向の成績が学年中六位だったから、目標は五位圏内。

少しでも、日向が振り向いてくれるような男になるために。

「よしっ、やるか」

きっと、俺は分不相応の片思いをしてるのだと思う。顔が良くて、運動も出来て、人望もある佐川先輩がフラれるほどなのだ。俺みたいな何もかも平凡な男なんて、付き合いたいって思うことすら間違ってるのかもしれない。

だけど、これは俺の初恋だから。

諦めろって理性が訴えかけても、心がちっとも理解しないから。

日向にとって俺が、仲の良い同級生だったり、付き合いの良い書記でしかないとしても
——今はただ、理想を叶《かな》えるために前に進みたかった。

……ふぅ、とりあえず一段落。

時計を見ると、一時間半ほど参考書に向かっていたらしい。数学の勉強はここまでにするとして、小休憩のためにスマホを取る。

勉強に集中して気づかなかったけど、夜中だっていうのに着信があった。相手は——。

「親父《おやじ》から？」

親父は今、仕事で南極に滞在してるはず。まさか世間話ってことはないだろうし、何の用事だろ。

折り返し電話をかけると、親父はすぐに出た。

『久しぶりだな、悠人』

「電話なんて珍しいね。何かあった？」

『まあな。お前に伝えないとならないことが出来たからな』

まるで、明日の天気でも話すかのような、いつも通りの口調。

『今まで黙ってたが、お前には腹違いの姉がいるんだ』

「へえ、そっか。姉、ね」

………………………………。

はい？

『その姉なんだがな、お前と暮らしたいって言ってるんだよ。だから、今度お前に会わせようと思ってな』

「うん、待った。超待った。なんでさらっと話を進めるかな。まだ俺は姉がいるって現実すら呑《の》み込《こ》めてないんだけど。っていうか、俺と暮らしたいってなに？」

やばい、衝撃の事実に頭がオーバーヒートしそうだ。

っていうか、俺に姉さん？　俺のことからかってるんじゃなくて？

『まあ、悠人が動揺するのは無理もないけどな。……お前が生まれる前、俺に許嫁《いいなずけ》がいたのは覚えてるか？』

それについては、子どもの頃親父から聞いたことがある。当時は結婚を約束してる相手がいたのに俺の母さんと駆け落ちしたから、相当な修羅場だったのだとか。

『悠人には隠してたが、その別れた女性との間に俺の子どもがいたんだ。それがお前の姉――悠人の異母姉になる相手だ』

「……そんなことが、あったのか。でも、何で今になって俺に打ち明けるんだよ」

『その娘がお前に会いたがってるからな。家族として一緒に暮らしたいって言うんだよ。

だから、もう隠し事は止《や》めにすることにしたんだ』

知らない異性と、家族として一つ屋根の下で暮らす。

まるで映画やドラマみたいだ。ちっとも現実味がない。

『そんな悪い話じゃないと思うぞ。お前は昔から他人に対しては世話焼きだが、自分に対してはルーズなとこがあるからな。良い機会だから、その娘に面倒を見てもらえ』

「余計なお世話だってば。そもそも俺は高校生なんだし、いきなり同居なんて……」

『そういうことで、今度の土曜日の午後一時、予定を空けておいてくれ。その娘が家を訪ねるから。じゃあな』

「なっ、ちょっと待――」

切れた……。訊きたいこと、山ほどあるってのに。

それに、次の土曜日に直接会うなんて――待てよ、土曜日？

「それって明日じゃねえか！」

どうしよう、準備なんて全然していない。ああもう、親父はいつも突然なんだから！

……ちなみに、その後。姉さんのことで頭がいっぱいで、ろくに勉強に手が付かなかったのは、言うまでもない。

約束の土曜日まで、ほんとにあっという間だった。

ちなみに、俺は姉さんであるその女性のことを何も知らない。せめて名前や年齢を教えて欲しかったが、「そんなの会えば分かるだろ」と一蹴されてしまった。我が親父ながら適当過ぎない？

来客用のお茶請けの用意を終えた、その時。チャイムの音が部屋に響いた。

「っ、は、はいっ。今、行きます」

玄関に立ち、恐る恐る覗き穴に近づき――「えっ？」と声が零《こぼ》れた。

扉の前にいたのは、清楚《せいそ》なワンピースを着てそわそわとする同年代の少女。

日向、だった。

どうして日向がここに……？　慌てて扉を開けると、日向は緊張した面持ちで、

「あっ、悠人君。えっと、こんにちは。学校の外で会うのは久しぶりだね？」

「あ、ああ、そうだな。っていうか、どうして日向が俺の家に？　生徒会の急用か？」

日向の私服姿なんて見るの、いつ以来だろう。見慣れないカジュアルな服装に、ついどぎまぎしてしまう自分がいる。

「あっ、ごめんな立ち話させちゃって。何か用件があるなら家の中で……っと、そういえばすぐに来客があるんだっけ。悪いな、中に入れられなくて」

「……ううん、全然いいよ。生徒会は関係ないんだ。悠人君に大切な話があるから、ここに来たの」

「俺に、大事な話？」

「哲也《てつや》さんから教えてもらったよね？　悠人君に、お姉さんがいるってこと」

「――え」

ちょっと待て。どうして日向は俺の親父の名前を知っているんだ？　いやそもそも、どうして俺に姉がいることを知っている？

その秘密を知っているのは、俺と親父以外だと――姉さん本人くらいのはずなのに。

……まさか。

「日向、もしかして――」

「……やっぱり、気づいてなかったんだね」

くす、と日向が笑みを零す。

その顔に浮かぶのは、心を奪われてしまうような、可憐《かれん》な微笑み。

「悠人君の同級生で、生徒会長で、そしてお姉ちゃんの朝比奈日向です――これから、よろしくね？」

俺は、悪い夢でも見てるのだろうか。

まさか、俺と血の繋《つな》がった姉が――俺が片思いをしていた『向日葵の女神』だなんて。

「……？　？？」

「えっと、私と悠人君はお母さんは違うけどお父さんは同じ、いわゆる異母姉弟なんだ。おーけー？」

ノット・オーケー。全然大丈夫じゃないです。日向は俺の初恋の人だったのに――半分だけ血の繋がった家族、だなんて。

さっきからちっとも頭が回らない。日向は俺の初恋の人だったのに――半分だけ血の繋がった姉さんだったなんて。

「は――はは、そっか。奇遇だなぁ、まさか同級生が血の繋がった姉さんだったなんて。とりあえず、家に上がる？　訊かなきゃいけないことたくさんあるもんな」

「……ゆ、悠人君？　大丈夫？　顔が真っ青だけど……」

「う、うん、平気平気。気にしなくてもいいぞ？」

まあ、世界がぐるぐる回って見えるくらいには気分悪いけどね、今。

「そ、そうだ。コーヒーでも飲むか？　少し落ち着いた方がいいしな、うん」

「ありがと。なんか、悠人君におもてなしされるなんて、ちょっと照れちゃうね」

ふらふらとキッチンに立ち、インスタントコーヒーの用意をする。

もしかして、これはドッキリなのだろうか。日向はカメラを隠し持ってて、俺が慌てる様子を生徒会のメンバーがモニタリングしてて。で、ここで俺が振り返ったら「ドッキリ大成功！」ってパネルを持った日向と生徒会のみんなが――。

「ゆ、悠人君っ⁉　このコーヒー、大変なことになってない……⁉」

「えっ……うわっ！」

日向にコーヒーを差し出したその瞬間、自分の失態に気づいた。

つい大量に粉を入れ過ぎたらしく、真っ黒ないかにも苦そうなコーヒーが完成していた。

なんだこの、一口飲んだだけでギンギンに目が覚めそうな飲み物は……！

「ご、ごめん！　つい、ぼーっとしちゃって。今すぐ作り直すから」

「……う、ううん！　私、全然いいよ？　そのコーヒー、飲むから。飲みますっ」

「えっ――い、いやいや！　流石にこれは無理だって！　下手したらカフェインの取り過ぎで身体《からだ》壊すぞ⁉」

「で、でも、悠人君が私のためにわざわざ作ってくれたんだもん！　どんなものでも感謝を込めて口にするのがマナーでしょ？」

「聖人過ぎてこっちが申し訳なくなる！」

「そ、それに、ちょっと苦い方が好きだから、これくらい平気だよ？」

「それ苦いってレベル超えてるぞ多分！　っていうかもうコーヒーかどうか疑問を持つ色してるから！　おい、どうしてカップに指をかけてるんだ……！」

コーヒーを口元まで運ぼうとする日向を全力で止める。やばい、日向の目が真剣だ。これ放っておいたら絶対に飲んでる。

「すまない、日向。気持ちはすごく嬉しいけど、ほんとに止めてくれ。考え事してて失敗した俺が悪いんだから」

「…………うん」

ようやく、日向がカップをテーブルに置いた。

「ごめんね。同級生がお姉ちゃんなんて、悠人君も動揺してるよね。私のことは気にしなくていいから、少し一人になった方がいいと思う」

「でも、この後何処《どこ》かで食事しながら話そうって思ってたんだけど……」

「悠人君、外出する余裕なんてないでしょ？　ご飯ならこっちで用意しておくから、心配しなくていいよ？」

「……悪い、そうさせてもらう。世話をかけてごめんな」

「気にしなくていいよ。お腹がいっぱいになれば、落ち着くかもしれないしね？」

何処かでご飯でも買ってきてくれるのかな……迷惑かけてばっかりだな。

外の空気を吸おうとベランダに出た途端、全身の力が抜けた。

「…………日向が、俺の姉さん……」

言葉にしてみても、まるで現実味がなかった。

いや、頭が現実だって受け入れたくないんだろう。日向が姉さんだって事実を突きつけられ、俺が真っ先に覚えた感情は驚きでも戸惑いでもない。

それは、絶望。

絶対に俺の初恋は叶わないという、最低最悪の失恋だ。

「こんなの、ありかよ……」

やばい、泣きそうだ。

こんなことなら、日向に告白をしてはっきりとフラれた方がまだ救いがあった。きっと同じくらい苦しかっただろうけど、少なくとも諦めはついた。

でも、日向が異母姉ならば、俺には告白をすることさえ許されない。

たとえそれが、昨日まで仲の良い同級生だったとしても、だ。

「悠人、どうしたの？」

ふと、月乃の声がした。

見れば、隣のベランダから月乃が身を乗り出して、俺をじーっと見ていた。

俺と月乃の部屋は隣同士だから、ベランダは仕切り板一枚で隔てられてるだけ。昔から、こんな風に会話をすることも少なくなかった。

「あ……ああ、月乃か。別に、何でもないけど」

「嘘。だって悠人、あー、とか、うー、とか。嚙《か》まれたてのゾンビみたいな声してたよ？」

俺、そんな声出してたのかよ……なんて、いつもなら言えただろうけど、今はとてもじゃないが無理だ。「そうか」と気の抜けた返事しか出てこない。

「ねえ、悠人。ほんとに変だよ？　何かやなことでもあったの？」

「……うん、ちょっとな。でも、大丈夫だから。月乃は気にしないでくれ」

「待ってて。今、そっちに行くから。ゆっくり話を聞かせて」

「うん――って、待った。今、俺の部屋に来るって言ったか？」

「そうだけど？　そっちの方が、ちゃんと悠人の顔見れるから」

「……気持ちは嬉しいけど、今はちょっと無理かな。お客さんが来てるからさ」

何しろ、今部屋には日向がいる。そんなの月乃にバレるわけにはいかない。

「もしかして、悠人が落ち込んでる理由って、そのお客さんが原因？」

「……まあ、な。その人が悪いわけじゃないんだけど、どうしようもないくらいツラいことがあったから」

「そんなに、悲しいことがあったんだね。……ねっ、悠人。こっちに来て？」

「……？　いいけど、こうか？」

一枚の仕切り板を隔てた、俺と月乃の至近距離。

そして、月乃は爪先立ちになってベランダの手すりから身を乗り出し、ぷるぷると震えながらこちらに手を伸ばした。

「ん～……！」

「……凄く頑張ってるのは分かるんだけど、何をしてるんだ？」

「悠人の頭、撫《な》で撫でしてあげようかなって……！　悠人、落ち込んでるみたいだし、でも部屋には行っちゃいけないみたいだから……！」

そこで、俺はやっと理解した。

ああ、そっか。月乃は俺のこと、励まそうとしてくれてたんだ。事情なんて何も知らないけど、俺がへこんでるってただそれだけの理由で。

でもさ、月乃。その身長だと流石に届かないと思うぞ？

その言葉を呑み込み、俺は口元を緩めながらベランダから身を乗り出す。

ちょこん、と。頭のてっぺんに、月乃の指が触れる感触がした。

「よしよし……！　いいこ、いいこ……！」

それは撫でられてるっていうか、どちらかと言えば指でぐいぐいと押されてる感じだ。撫で撫でされてるような心地よさは、正直あまりない。

でも、それでも俺を励まそうとしてくれる月乃の優しさが、たまらなく嬉しい。

「ありがとな。ちょっとだけ元気でた」

「ほんとに？　……良かった。悠人があんなに落ち込んでるの、久しぶりに見たから」

「そうか？　俺だってへこむ時くらいあるけど」

「でも、悠人って他人の前だと、しっかりしなきゃ、って思っちゃうでしょ？　いつもの悠人なら、わたしがいるって気づいたら、多分笑顔くらいはしてたと思うから」

「……そっか、そうかもな」

確かに、月乃の言う通りかもな。俺にもう少し余裕があったら、月乃に心配させないよう空元気くらいは出してたと思う。

「じゃあ、俺行くよ。部屋で待たせてる人がいるからさ」

「うん、分かった。寂しくなったらいつでも呼んで？　また撫でてあげるから」

「や、慰めてくれるのは感謝してるけどさ、別の方法にしてくれないか？　俺たち、もう小学生じゃないんだから」

「むー……。じゃあ、今度考えとく」

俺はベランダの手すりから離れると、ばちんっ、と自分の頬を叩《たた》く。

しっかりしろ。失恋に打ちのめされるのは、後でも良い。

リビングに戻ると、真っ先に鼻についたのは、香ばしい匂い。

見れば、日向がキッチンに立ちフライパンを振っていた。

「日向……？　料理、してるのか？」

「簡単な料理だけどね。もしかして、他人にキッチン立たれるの嫌だった？」

「いや、そんなことはないけど。ただ驚いただけ」

ご飯を用意するって言うから何処かの店でテイクアウトするのかって思ってたけど、自分で作るって意味だったのか。

待つこと数分、俺の前にカルボナーラが運ばれてくる。いただきます、と手を合わせてフォークにパスタを絡めて一口食べる。

「——美味《うま》い」

まろやかな牛乳とチーズの旨《うま》みと、ピリッとしたブラックペッパーの辛さが絶妙にマッチしてる。今までの俺は市販のソースで満足してたけど、手作りだとこんなに奥深くなるなんて。

「ほんとにっ？　良かったぁ、悠人君に私の料理食べてもらうの初めてだから、美味しいって言ってくれるか緊張してたんだ。あっ、勝手に材料使っちゃったけど、大丈夫だった？　今日の夕飯に使う予定だったらごめんね」

「いや、全然いいよ。俺ならこんなに美味しく作れないし、むしろ感謝してるくらいだ。

日向って料理が上手だったんだな」

「私のお母さんって仕事でご飯が遅くなる時が多いから、中学くらいから自分で作ってるんだ。……ちなみにこれは、私と一緒に暮らすと料理には困らない、って悠人君にアピールしてるつもりだよ？　私と暮らせば、すごくお得だと思うけどなぁ」

思わず、フォークを運ぶ手が止まった。

「……それは、凄い特典だな」

「でしょ？　今ならお米と洗剤もついてくるよ？」

「新聞の勧誘みたいだな、それ」

思わず口元が緩む。やっぱり、日向は他人への気遣いが上手い。俺を和ませようとこんな冗談を口にするんだから。

「本当に、日向は俺の実の姉なんだよな？」

日向は頷くと、鞄《かばん》から一枚の紙——日向自身の戸籍謄本を取り出す。

確かに両親の名前が記された欄には、『父・湊《みなと》哲也』と記されていた。

「やっぱ本当なんだな……。俺が異母弟ってこと、日向はいつから気づいてたんだ？」

「実は、生徒会で初めて会った時から。私が中学の頃にお母さんが再婚したんだけど、その時に哲也さんとその息子について話してくれたんだ。まさか、高校で会うなんて思ってなかったけどね」

じゃあ、俺だけ知らなかったってことか……。まあ、姉弟だなんて打ち明けづらいだろうし、日向もきっと悩んだ結果なんだろうな。

「ってことは、親父は別々の女の人と子どもを作ってた、ってことだよな……。うわ、複雑な気持ち。親父のこと好きだから、あんまり責めたくないんだけどな」

「そういえば、哲也さんって今は海外でお仕事してるんだよね？　っていうことは、悠人君って一人暮らししてるの？」

「まあ、そうだけど。……？　ちょっと待った。確かに俺に母さんはいないけど、どうして日向が知ってるんだ？　俺の母親のことなんて、月乃くらいしか知らないのに」

「——あっ」

そこで、日向はあたふたと取り乱して、

「え、えっと……そうっ、哲也さんが教えてくれたの！　悠人君と一緒に暮らすなら知ってて欲しい、って！」

「そっか。じゃあ、俺の母さんが病気で亡くなったこと、知ってるんだな」

「……うん」

いつだったか、親父が話してくれたっけ。

親父と母さんが相思相愛になった時、既に治療の難しい病気にかかっていたらしい。

だから、親父は最後まで母さんの傍《そば》にいるために結婚して、俺が生まれた。

母さんがいなくなったのは、俺がまだ五歳の頃だった。母さんは俺と暮らすために限界まで闘病をしてくれてて、いつも傍にいてくれたことを覚えてる。

母さんの余命が短いことは、子どもの俺でも何となく理解出来て。だけど、母さんは自分の境遇を悲観したことは一度もなかった。

親父にはいつも感謝をしていて、俺にはいつも良い母であろうとしていた。誰よりも苦しくて怖いはずだったのにいつだって優しくて、そして亡くなる瞬間まで母さんは俺に微笑みを向けていた。

だから、俺の記憶にある母さんは、いつだって笑顔だ。

こんな人になりたい、って思った。

今でも母さんは俺にとって人生の目標で、そして憧れの人だ。

「って言っても、昔の話だし別に気にしなくてもいいよ。あとさ、一つ訊いておきたいんだけど、日向って浮気してた親父のこと、やっぱり怒ってる……？」

「うーん……正直に言うとね、あんまりお父さんって思えないんだ。会話したことなんてほとんどないし、親切なおじさんってイメージの方が強いかな。私が大人になるまで養育費を払い続けてくれるみたいだから、そんなに悪い印象はないよ？」

その言葉に救われたような気さえした。余命幾ばくもない母さんを看取《みと》って、俺を男手一つでここまで育ててくれたのは、誰でもない親父だ。

たとえ世界中の人間から非難されても、俺は親父を責める気にはなれなかった。

「でも、信じられないけど、日向は本当に俺の姉さんなんだな。でもさ、もう一つ詳しく訊きたいことがあるんだけど——今更、どうして日向は俺と同居を望んでるんだ？」

「……悠人君と、特別な関係になりたかったから、かな」

ぽつりと、風に消えてしまいそうなほど小さな声音。

「このままお姉ちゃんだってことを隠して同級生として過ごしてたら、いつか悠人君と離れ離れになっちゃうから。だから、悠人君と繋がっていたい、って思ったから」

「えっ――それって、家族として俺といつまでもいたい、ってこと？」

「……う、うん」

恥ずかしさに耐えるように、わずかに俯く日向。

日向の言葉が、ずっと頭の中をぐるぐると回ってる。日向が、俺と一緒にいたい。

「多分、悠人君が思ってる以上に、私は悠人君のこと尊敬してるんだよ？　生徒会で頑張ってる姿を、一年生の頃から見てきたんだもん。檜原さんとか、面倒見の良い先輩で助かりますよ～、っていつも言ってるよ？」

「あいつは俺のこと、イジりがいのある年上って思ってるだけだって」

「そういうところが、後輩に慕われる理由なんじゃないかな」

くす、と日向が楽し気に笑みを零す。

「それにね、悠人君が住ませてくれないとちょっと困るんだ。私、帰る家が無くなっちゃったから」

「帰る家が無い……？」

「悠人君と一緒に暮らしたいって話したら、お母さんと大喧嘩《げんか》しちゃったから。家出みたいに家を飛び出してきたんだ」

ああ、そうか。日向の母親が心変わりをした親父のことを嫌うのは自然なことだ。その息子と娘が同居するなんて、母親からすれば気が気じゃないだろう。

なのに、母親と喧嘩してまで俺と暮らしたいって言ってくれてるのか。

「あっ、もちろんずっとってわけじゃないよ？　いつまでもお世話になるのも悪いし、せめて高校卒業までいさせてくれたら後は自分で何とかするから。……だから、ね」

そこで、日向は深々と、まるで他人行儀に頭を下げた。

「だから、お願いします。食事なら毎日作ります。掃除や洗濯だって必ずします。部屋がないなら物置きが寝床でも構いません——この家に、住ませてもらえませんか？」

「…………」

こんな日向の姿、初めてだった。

それほど日向にとって切実で、そして真剣な願いなんだろう。

「ごめん、それは無理だ。日向とは暮らせない」

日向の肩が、微《かす》かに震えた。

「そんな条件で、日向と一緒に暮らしたくない。俺と日向が家族って言うなら、立場は対等なはずだろ？」

「……えっ？」

「敬語はもちろん、家事全般をするだとか、粗末な扱いでいいとか、そういうの全部止めてくれ。あと、日向のお母さんにも事情を説明して一緒に暮らす許可を貰《もら》って欲しい。日向とお母さんの二人の関係が悪くなるなんて、嫌だからさ」

日向を安心させるように、精一杯笑みを浮かべる。

「それさえ大丈夫なら、小さな2LDKだけど一緒に生活してもいいよ」

突然の同居の申し出に、まだ困惑してるのは否定できない。

けれど、目の前の少女は頭を下げてでも俺と家族になりたいと言ってくれた。

なら、俺もその覚悟と向き合って、手を差し伸べるべきなんだろうな。

きっと、俺の憧れだった母さんなら、そうするはずだから。

その時だ。ぽかんとしていた日向が、ぎゅっと俺の手を両手で包んだ。

「ひ、日向……？」

「良かった――ほんとに、良かったぁ……！」

そう呟《つぶや》く日向は、感極まって泣きそうにすら見えた。

「ほんとはね、すごく不安だったんだ。どうして今更そんなこと言うんだ、とか言われちゃうのかなって。だけど、やっぱり悠人君は悠人君だった。私の知ってる、優しい男の子のままでいてくれて良かった」

「……べ、別に構わないけど。感謝されるほどのことじゃないし」

俺がぎこちなく返事をしたことが気になったのか、日向が眉根を寄せる。と、日向は思わず手を取ったことに気づいたらしく、慌てたように離れた。

「わっ……！　ご、ごめんね。つい舞い上がっちゃって。一応、昨日まで同級生だったのに、ちょっと距離感近かったよね」

日向ははにかむと、

「でも、もう今までみたいにただの同級生じゃないよね？　今日から姉弟になったんだから、少しずつ悠人君と家族みたいな関係になれたらいいな」

「……家族、か」

これから日向は、同級生でもなく生徒会長でもなく、姉さんとして俺と一緒に暮らすことになる。

だとすれば——俺は、日向に話さなければいけない。

今までみたいな同級生としてじゃなくて、家族として日向の隣にいるために。

「あのさ、日向。俺、日向にずっと隠してたことがあるんだ」

「……悠人、君？」

俺の緊張が伝わったように、日向が戸惑ったように俺を見つめる。

ああ、もう。これが生まれて初めての告白だっていうのに、まさか絶対に結ばれない相手に想《おも》いを伝えなきゃいけないなんて。

一度だけ、深呼吸をした。

さよなら、俺の初恋。

「俺さ、日向のことが好きだったんだ——初恋、だったんだよ」

「────」

まるで、世界が静止したみたいだった。

日向は心を奪われたみたいに、息を吞《の》んで俺を見つめていて……やがて、ぼっ、と顔が赤くなる。

「え──ええっ⁉　ゆ、ゆゆ悠人君⁉　わ、わたっ、私が好きって……⁉」

「ずっと前から、日向のことしか考えられないくらい好きだった。出来るもんなら、今でも付き合いたいって真剣に思ってる」

「ふぇ⁉　つ、付き合いたい、って……！」

恥ずかしさに耐えきれないように、日向が目を逸らした。

やっぱり駄目だな。こんな日向を可愛いって思ってしまう自分がいる。

「ごめんな。こんなこと今更言ったって、どうにもならないのにな。だけど、日向への気持ちを隠したままなら、同級生同士だったあの頃から前に進めないって思ったんだ。俺はきっと、日向を一人の女の子として見てしまうと思うから」

「…………う、うん」

「だから、日向と家族になるためには、今までの片思いを諦めなきゃいけないと思うから。それまで、もう少しだけ待ってて欲しいんだ」

俺にとって日向という少女は、昨日までは同級生で、今日からは家族となった。

でも、その境界線は何処だ？　同級生だとか生徒会長だとか姉だとか、そんなのただの名称でしかなくて、日向の本質は変わらないはずだ。

頑張り屋で、笑顔が可愛くて、他人と仲良くなるのが上手で、家事が上手で、胸が大きくて、頑固で、生真面目で、呆《あき》れるくらい真《ま》っ直《す》ぐで、そして誰よりも優しい。俺が好きになったのは、そんな女の子だ。

半分だけ血の繋がった姉だなんて関係ない。日向が日向であるのなら、俺は彼女に片思いをし続けるのだと思う。

「だから、日向に好きだって口にするのはこれが最後だ。俺は日向の弟になれるよう、自分の気持ちに折り合いをつけれるよう頑張る。でも多分、日向への想いはすぐに冷めないと思うから、それだけは理解してて欲しい」

「……そんなに、私のこと好きでいてくれたんだ」

「初恋、だったからな」

「ふ、ふーん。そうなんだ……」

日向はやけにそわそわとしながら、

「うん、分かった。じゃあ、悠人君が私のことをお姉ちゃんだって認めてくれるまで、傍で見守ってるから。えっと、よろしくね、弟君」

「こちらこそ、姉さん。家族同士、仲良くやっていこうな」

「う、うん。……そっか、悠人君が私のことを好きだった、かあ」

「……日向？」

「あ、あんまりこっち見ないで。多分、顔が真っ赤だと思うから」

「……そ、そっか」

……こうして。

俺は片思いだった初恋の同級生――そして実の姉である、日向と暮らすことになった。

二章　月の天使／食べてくれる？／そして幼馴染は○○をする

日向《ひなた》が俺の家に引っ越しを終えた、翌朝のこと。

寝ぼけた頭でリビングに入ると、味噌汁《みそしる》の美味《おい》しそうな匂いがした。

まだ朝食も作ってないのに、どうしてこんな良《い》い香りがするんだろう。

「あっ、悠人《ゆうと》君起きたんだ。ご飯、もうすぐだよ？」

女の子の声……？　そこでようやく、はっと気づく。

キッチンに立つのは、学生服の上にエプロンを纏《まと》った少女。日向だった。

「あ、ああ。朝食、ありがとう。それと、おはよう」

「うん、おはよ。……えへへ」

日向は上機嫌に頰を綻ばせ、鍋の中身をお玉でかき混ぜる。

一瞬、どうして好きだった女の子がキッチンに立ってるんだ、って驚いてしまったくらいだ。まるで片思いを拗《こじ》らせた男子高校生が見そうな夢だな。それって俺じゃん。

朝食が出来上がりテーブルに着くと、「おぉ……」と感嘆の声が零《こぼ》れた。

ほかほかの白飯に、湯気が立ち上る味噌汁。こんがり焼けた鮭《さけ》の切り身の傍《そば》には、野菜サラダが添えられていた。

ありふれた和の朝食だけど、だからこそとても贅沢《ぜいたく》なメニューだった。

「どう？　悠人君的に、及第点はもらえそうかな？」

「とんでもない、文句の付けようのない満点だよ。こんな立派な朝食なんて、いつ以来かも分からない。それに、ちゃんとした食器に盛り付けられた食事も久しぶりだし」

「……？　えっと、ちゃんとした食器、ってどういうこと？」

「俺、家で飯を食う時は百均の紙皿で食べてるから。食べ終わったらそのまま捨てれるから、洗う必要なくて楽なんだよな」

「えっ――」

まるで文化の違いに衝撃を受けた外国人みたいに、日向が固まった。

「……そういえば、哲也《てつや》さんが言ってたっけ。悠人君って他人に対しては面倒見が良いけど、自分に対してはいい加減なとこがあるって」

「親父《おやじ》、そんなことまで日向に話したのかよ……」

「うん、決めた。これからは毎日、私が食事を作ります。朝も昼も夕方も、全部。あっ、お弁当はもう作ってあるから、良かったら今日のお昼はそれ食べて欲しいな」

「えっ、そうなのか？　ありがとう……って、そうじゃなくて。毎日料理なんて日向に悪いよ。家事は分担しようって、この前話したばっかりなのに」

「だーめ。悠人のことよろしく頼むって、哲也さんにお願いされてるもん。私は悠人君に住まわせてもらってる立場だし、家のことは全部私に任せて欲しいな」

「でも、それだと日向が大変なんじゃ……」

「お母さんと暮らしてる時はほとんど私がしてたから、今と大して変わらないよ。それとも悠人君、私より美味しい料理作る自信ある？　それなら譲ってあげてもいいけど」

一瞬で分かる、絶対に無理だ。味もそうだろうけど、料理の効率も作れるレシピの幅広さも、圧倒的に日向の方が上だろう。

「だから、気にしないで？　悠人君が素直に食べてくれる方が、私は嬉《うれ》しいかな」

「……分かった。でも、作りたくない日があったらいつでも言ってくれていいからな。俺も全然料理が出来ないってわけでもないし」

いただきます、と手を合わせて味噌汁を啜《すす》る。

分かってたことだが、全身に沁《し》みるくらい美味だった。

俺は手間がかかるという理由で出汁《だし》を取る料理を避けがちだったが、味噌汁がこんなに奥深い味だなんて。久しく口にしなかった、家庭的な味だ。

「美味《うま》いな。正直、朝からこんなに美味しいもの食べれるなんて、感動してる」

「そ、そうかな。……口に合って良かった。これからずっと食べてもらうんだもん」

「日向には感謝しないとな。一人暮らしを始めて、トースト以外の朝食なんて初めて食べたし。夕食は別だけど、朝食は俺の分しか作らないからつい手を抜いちゃうんだよな」

「……？　悠人君、誰かにご飯作ってるの？」

「ああ、それは——あっ」

日向のエプロン姿の衝撃でつい、大切な日課を忘れてた。

　でも、まだ時間には余裕があるし、何より作ってくれた日向に申し訳ないし。日向の料理を食べ終わった後にしよう。

　一〇分後。いつものように写真立てに入った母さんの写真に手を合わせてから、日課のために家を出る。その時、日向が不思議そうに、

「悠人君、今から出かけるの？」

「ちょっとだけ。大丈夫、すぐ戻るから」

　マンションの廊下に出て、財布から取り出すのは、一つの鍵。

　月乃《つきの》の家の合鍵だった。

　インターホンを押してから、合鍵で月乃の家に上がる。物音一つないくらい静かだし、多分まだ寝てるんだろうな。うん、いつもの朝だ。

　毎朝、月乃を起こす。それが俺の平日の日課だった。

　わざわざ家に上がるなんて、って思うかもしれないけど、生活スキルがゼロの月乃はこうでもしないと学校に遅れるのだ。これもお世話係の大切な仕事だ。

　月乃の部屋の前に立ち、扉越しに声をかける。

「起きてるかー。そろそろ準備しないと、遅刻しちゃうぞ」

「…………んー……」

　微《かす》かに声が聞こえたものの、それっきり姿を現す気配はない。

「おーい、起きなさーい。遅刻したのバレたら、月乃のお母さんが怒るぞー。お姉さんだって黙ってないぞー。一緒に学校行くぞー」

「…………………」

「あっ、ベランダで野良猫が日向ぼっこしてる。可愛《かわい》いなぁ」

がらっ。

コンマ数秒後。そこには寝ぼけた顔をした、パジャマ姿の月乃がいた。

月乃はベランダを見るが、そこに猫はいない。当然だ、初めからそんなものいない。

「…………猫は？」

「おっ、起きたか。おはよう、良い朝だな」

「猫は？」

「ちょっと遅くなったけど、全然間に合うから。今日も一日頑張ろう」

「うん、がんばる……」

よし、今日も無事に任務終了。

「とりあえずシャワーでも浴びたらどうだ？　少しは目が覚めるかもしれないぞ」

「……………（もぞもぞ）」

「服を脱ぐなら脱衣所な」

月乃は着替える手を止めると、「ふあ……」と欠伸《あくび》をして脱衣所に向かった。

平日の朝はお互い時間がないため、朝食は別々に用意することにしている。月乃は小食だから、朝はヨーグルトやバナナで済ませてるみたいだ。

だから、俺が用意するのは眠気覚ましのインスタントコーヒーくらい。月乃は苦いのが苦手だから、砂糖とミルク多めだ。

「そういえば、日向のことは月乃になんて話そうかな……」

日向と半分だけ血の繋《つな》がった姉弟であることは、隠さずに生活しようと二人で相談して決めていた。隠せるものならそうしたかったけど、変に噂《うわさ》になるよりずっと良い。

ただ、同居してることは二人だけの秘密にするつもりだ。日向と家族になったとはいえ、ほんの数日前まではただの同級生だったんだから。二人で暮らしてるってことは、出来れば卒業まで隠しておきたい。

じゃあ、日向と姉弟であることを誰に一番初めに打ち明けるべきか。

そう考えた時、真っ先に頭に浮かんだのが、月乃の顔だった。

今は朝の準備でばたばたしてるから、話すのは学校が終わった後にしよう。実は、日向は俺の姉さんなんだ――そう打ち明けたら、いつも無表情なあいつも、流石《さすが》に驚くかな。

その日の昼休憩のこと。いつものように、昼食を食べようと日向が作ってくれた弁当を手に生徒会室に入った時だ。

「あっ、悠人パイセン」

数人の生徒会メンバーの中で誰よりも早く、槍原《やりはら》が俺に気づいて駆け寄った。

「パイセン、聞きましたよ。日向先輩と姉弟だったって」

「なっ……！　檜原、もうそのこと知ってるのかよ⁉」

「この噂、今一番のトレンドですよ？　あの完璧な生徒会長が、平凡な男子生徒の姉らしいって。パイセン、月のない夜道は気を付けてくださいね。日向先輩のファンに襲われるかもしれませんし」

　嘘《うそ》だろ。俺、まだ誰にも話してないのに。

　多分、日向がそれとなく周りに話したんだろうな。それでこんなに噂が広まるなんて、それくらい衝撃的だったたってことか。

「パイセン、本当に残念でしたね。……パイセンのことですもん、日向先輩のこと、本気だったんですよね？」

「……ああ、そういうことか」

　なにしろ、俺が日向の弟である以上、失恋は確定されている。

「ありがとな、心配してくれて。けど、俺は何ともないから。っていうか、俺が日向に気があるなんて一言も言ったことなかったろ？　檜原は考え過ぎなんだよ」

「……良かったらおっぱい揉《も》みます？　ウチに出来ることとか、それくらいですし」

「揉まない。っていうか、仮にも生徒会の一員がそういうこと言わない」

「あーあ、残念だなぁ。パイセンなら日向先輩とくっつくって本気で期待してたのに。まあ、切り替えていきましょーよ。考えてみれば、日向先輩って攻略難度激高だったわけですし」

あっけらかんとした檜原の口調。

これでも、俺を励まそうとしてくれてるんだろうな。

「だから、元気出してください。生徒会のみんなも応援してますから」

俺がみんなに視線を向けると、生徒会のメンバーたちは気まずそうに一斉に顔を伏せた。彼らなりに気を遣ってるのかもしれないけど、そんなに同情されると逆にへこむ。

ただその中で、月乃だけが事情が分からないとばかりに首を傾《かし》げていた。

もしかして、月乃は俺の噂のことを知らないのか？

でも、日向と姉弟だって打ち明けるなら、ゆっくり話し合える場所にしたい。いっそ生徒会室から連れ出そうか。

そんな風に、小説を読み始めた月乃を眺めてる時だ。

「まあ、ポジティブに考えましょうよ、パイセン。あの日向先輩がお姉さんだったんですよ？　家事とか得意みたいですし、ラッキーじゃないですか。女のウチですらお嫁さんに欲しい逸材ですよ？」

ぴたり、と。

視界の隅で、まるで固まるように。文庫本をめくる月乃の手が止まった。

どうしたんだろう、ちょっと様子がおかしいような。

俺が驚いていると、月乃は文庫本に目を落としたまま歩き出し、俺の隣の席に腰を下ろした。

「悠人。さっきの槍原さんの言葉、ほんと？……日向さんが、悠人のお姉ちゃんってこと」

ああ、なるほど。さっきの槍原との会話が聞こえていたのか。

そりゃ驚くよな。優秀な生徒会長が、実は幼馴染《おさななじみ》の姉だったんだから。

「ああ、本当だ。俺も最近知ったんだけど、どうやら俺と日向は半分だけ血が繋がってるらしい。色々事情があって、今まで一緒に暮らしたことはなかったんだけどな」

「ふーん、そっか。そうなんだ」

……あれ、意外とノーリアクション？

ぱたん、と月乃が文庫本を閉じる。そして自分の席に戻ると、まだ手を付けていない購買で買ったサンドイッチを手に生徒会室を去ろうとした。

「まだ飯も食べてないのに行っちゃうのか？　お前に話したいこと、たくさんあったのに」

「ごめん、用事思い出したから。日向さんのことなら、また今度聞くね」

そう言うと、月乃はさっさと部屋を出てしまった。

それまで無言でなり行きを見守ってた槍原が、ぽかんとしながら、

「わー、やっぱ月の天使ですねえ。ウチなんて初めて聞いた時大絶叫しちゃったのに、月乃先輩ってば表情一つ変わんないんですもん」

……なんか、ちょっとだけ寂しい。月乃とは小さな頃から、それこそ家族同然のつもり

で付き合ってきた仲だ。俺に姉がいると知ったら、もっと興味を持ってくれると思ったのに、あんなに素っ気ないなんて。

そう軽く落ち込んだ時、部屋に生徒会メンバーである一人の後輩が入って来た。彼女は驚いたように俺たちを見ると、

「あの、さっき生徒会室を出ていく月乃先輩を見かけたんですけど……月乃先輩、様子が変でしたけど、何かあったんですか？」

俺たちが首を傾げていると、後輩の女子生徒は信じられないといった風に口にした。

「月乃先輩、にこにこと笑ってましたよ？　私、びっくりしたんですから！　あんなに上機嫌な月乃先輩、初めて見ましたもん」

「えっ――」

にこにこって、あの月乃が？

その瞬間、生徒会室にいたみんなが、一斉にざわつき始めた。槍原が呆《あき》れたように、

「いやいや、流石にそれはないっしょ～。だって、あの月の天使だよ？　愛想笑いだって見たことないのにさ、くしゃみする寸前の顔を見間違えたとかじゃないの？」

「そんなトリッキーな見間違いしないよ！　ほんとに笑顔だったんだってば。こんなことならスマホで撮っとけば良かったなぁ」

結局、誰も彼女の言葉は信じず話は流れてしまった。付き合いの長い俺でさえ、月乃が突然上機嫌になる理由なんて分からなかったし、何かの間違いだろうと思っていた。

まだ、この時までは。

学校が終わり家に帰ると、日向はまだ帰宅していないようだった。玄関には、一足の靴も見当たらない。

「もしかして、夕食の買い出しに行ってるのかな」

そういえば、これから日向が料理当番になるなら、月乃の夕食はどうしよう。まさか、月乃のご飯まで日向に作ってもらうわけにもいかないし。

そんなことを考えながら、鞄《かばん》と学生服をソファの上に投げる。学校が終わったばかりで軽く汗を流したかった。何気なく風呂場の扉を開けて――。

ふわり、と良い匂いが鼻をくすぐった。

まさに今、浴室から出たばかりの日向が、そこにいた。

「「…………」」

お互い、呼吸すら忘れていたと思う。

どうして日向がいるのか、なんて疑問は一瞬で消えた。一糸纏わぬ日向の姿が目に焼き付いて、思考も心も奪われていた。

しっとりとお湯に濡《ぬ》れた髪に、柔らかそうな白い肌。特に、俺は無意識に日向のたわわな胸に目が引き寄せられて、不意に蘇《よみがえ》るのはいつか槍原が口にした言葉。

――おまけに胸まで大きいって完璧過ぎますって。あれ多分Eはありますよ？

ああ、そっか。Eカップってこれくらいの大きさなんだ——そう漠然と思うのと、俺たちが我に返ったのは、ほぼ同時だった。

「ふぁ……っ！」

「わっ——わわっ！　ごめん！」

弾《はじ》かれたように脱衣所を出て、扉を背にその場にへたりこんだ。

わずか数秒くらいの出来事だったはずなのに、心臓は止まってしまいそうなくらい、ばくばくと鳴っている。呼吸は荒くなって、一向に収まる気配はない。

最も恐れていた事態が起きてしまった。

姉弟である以上、プライベートな時間に干渉してしまうのは仕方ない。けれど、それでも異性として失礼のないように、細心の注意は払うつもりだったのに。

「……え、えっと。悠人君？」

背後の扉が開き、俺は土下座をせんばかりの勢いで頭を下げた。

「ほんっとにごめん！　まだ日向が帰って来てないって思い込んじゃって……！　なんて謝ればいいか分からないけど、ごめんなさい」

「う、ううん、全然いいよ？　悠人君、私の靴がなかったから勘違いしちゃったんだよね。こっちこそごめんね、お母さんと暮らしてる時は靴を仕舞うのが習慣だったから。だから、悠人君は悪くないよ？」

日向の気遣いが申し訳なくて感謝を口にしようとした、その時。ふと、気づいた。

どうしてか日向は、にへー、と頬を緩めた顔をしていた。

こう言ったらなんだけど、まるでこの状況を楽しんでるような表情。

どうやら、日向もたった今自分がだらしない顔をしていたことに気づいたらしい。

「あっ——そ、そういうことだから！　悠人君が気にする必要なんてないからね？」

そこで、日向はばたんと扉を閉めた。

やっぱり駄目だな。俺はどうしても、日向のことを異性として見てしまう。

現に、こうして今も胸の動悸《どうき》が治まらないのは……俺が見てしまった裸が「姉」ではなくて「初恋の少女」だから、だと思うから。

きっと、俺はまだまだ日向を家族として見れてないんだろうな。

一般的に弟が姉のことを異性として意識しないのは、小さな頃から一緒にいるからだ。

実際、幼少期から同じ環境で育った相手には異性としての意識が薄くなる、って心理現象もあった気がする。名前は忘れたけど。

つまり、家族になるうえで重要なのは今まで一緒にいた時間であり。

それでいうと、俺と日向は家族としての積み重ねが全くない。

（まあ、ほんの数日前まで同級生同士だったから仕方ないんだけどさ……）

どよーん、としたその時、部屋のチャイムが鳴った。

無理やり気分を切り替えて、玄関で覗《のぞ》き穴を見る。そこにいたのは、月乃だった。

（……ついに来たか）

何の用事で訪れたかは分からないけど、この状況は前々から危惧していた。日向と二人暮らしであることは、絶対に隠しておきたい秘密。けれど、最もバレる危険性があるのは誰でもない、お隣さんである月乃だ。

どうかバレませんように、と祈りながら玄関の扉を開ける。

「どうした？　夕飯なら、今日の献立はまだ決めてないけど」

「そうなの？　だったら、丁度良かった。今日は夕飯いらないから大丈夫だよ？　ちょっと、自分で作ってみたいんだ」

一瞬、聞き間違いかと思った。

月乃のご飯を作るのは俺の仕事だが、それは月乃が料理が苦手だからだ。月乃は過去に料理で嫌な思い出があって、それから包丁だって握ったことがないはず。

そんな月乃が、いきなり料理だって？

「大丈夫か？　月乃って料理に慣れてないだろ。俺が傍で見てようか？」

「ううん、平気。まずは一人でやってみたいから。でも、調味料を買い忘れちゃって。良かったら苺《いちご》ジャムを貸して欲しいの」

「ああ、それは全然構わないけど」

俺がキッチンに向かおうとすると、月乃が靴を脱ぎ始めた。俺は慌てて、

「待った。もしかして、家に上がろうとしてる？」

「……？　うん、ダメなの？」

「ちょっと無理かな。今、部屋が散らかっててさ。月乃に見られるの恥ずかしいんだ」

「わたしは気にしないよ？　悠人の家だもん、隠すものなんてないでしょ？」

それがあるんだよなあ、姉っていうとびっきりの隠し事が。

「俺も健全な青少年だからさ、幼馴染でも見せられないものはあるぞ。そこで待っててくれな」

俺はキッチンから苺ジャムを取ると、月乃に渡す。

「ありがと。このお礼は、いつか絶対にするね？」

「気にしなくていいって。昔からお隣さんなんだし、困ったことがあったらお互い様だったろ？　ありがとうって言葉が聞けるなら、俺はそれで十分だよ」

「……うん。ねえ、悠人。もう一つだけお願いしてもいい？」

甘えるように上目遣いをして、月乃がゆっくりと喋《しゃべ》る。

「今夜、わたしが料理を作ったら、食べてくれる？」

「いいのか？　月乃の料理なんて一回も食べたことないし、それは楽しみだな。その時は喜んで食べるよ」

「……じゃあ、すごく頑張る」

月乃が扉を閉めようとして、俺は何気なく質問する。

「そういえば、月乃は久々の料理だけど何を作るつもりなんだ？　ジャムを使うくらいだから、デザートとか？」

「肉じゃがだけど？」

それ、いや、苺ジャム使う要素ある？

いや、先入観は良くない。もしかしたらそういう調理法がテレビで紹介されてたかもしれないし。でも、初心者がいきなり変化球にチャレンジするのも……。

引き止めるか悩んでいる間に「じゃあね」と月乃は去ってしまったのだった。

でも、月乃が料理をしたいって言い出すなんて。一体どんな心変わりだろう……そこで、はっと気づいた。

「もしかして、俺の料理に飽きたからこれからは自分で作ろうとしてる、とか？」

それは、へこむ。物凄《ものすご》くへこむ。

月乃の料理を作るのは、俺のライフワークになりつつある。それを月乃が望んでないのは、正直かなり寂しい。

俺が作って、月乃が美味しそうに食べてくれる。俺はそれだけで十分だった。

「……出来るだけ、これからも月乃の料理は俺が作りたいな。後で日向に相談するか」

まあそれも、月乃が俺の料理に飽きてなかったら、だけど。

……そうじゃなかったらいいんだけどなぁ。

数時間後。約束通り、俺は月乃の家にお邪魔していた。

幼馴染の家だから、自分の家と変わらないくらい落ち着く。可愛らしい小物もシックなカーテンも、昔と変わらない。小さな頃はお泊り会とかしたっけ。

さて、それで肝心の月乃の料理だけど。

残念ながら、というべきか。予想通り、月乃の肉じゃがはあまり美味しいと言える出来ではなかった。

それは月乃も薄々感じていたのだろう。しょぼん、と肩を落としている。

「……やっぱり、美味しくない？」

「いや、そんなに落ち込むほどじゃないって。初めての料理の割には頑張ってるし、食べれないこともないよ」

正直、見た目からして煮込みが足りてない肉じゃがを見た時から、嫌な予感はしていた。味付けは濃すぎる気がするし、ジャガイモは固かったし、あとべらぼうに甘かった。

それでも、俺は月乃の肉じゃがに箸を進める。

「もう、無理して食べなくてもいいよ？　美味しくないの、自分でも分かってるから」

「無理なんてしてない。俺が食べたいから、こうして食べてるだけだ。月乃が作った料理だぞ？　残すなんてもったいないだろ」

「……悠人」

確かに、この肉じゃがはいまいちかもしれない。でも、それが何だっていうのか。

初めて月乃が料理をしたんだ。幼馴染の俺が食べないでどうする。

「ごちそうさまでした」

見事に完食し、両手を合わせる。うん、満腹だ。

「本当に全部食べちゃった……。お、お腹《なか》とか大丈夫？」

「全然問題ないよ。っていうか、肉じゃがを作ってくれたのは感謝してるけどさ、そんなに自信ないなら俺に食べさせるの止《や》めとけば良かったのに」

「……だって、悠人と約束したから。料理を作ったら食べてくれる、って」

そっか、だから上手《うま》く出来なかったって自覚してたけど、俺に食べさせてくれたのか。

「でも、最後までちゃんと作れただけでも偉いよ。ごちそうさま、また今度料理作ったら食べさせてくれるか？」

「……食べてくれるの？　また、美味しくないかもしれないよ？」

「じゃあ、月乃が美味しい料理作れるまで付き合わないとな。いつもは俺が夕飯作ってるし、たまには月乃の得意料理とか食べてみたいからさ」

「悠人――うん、ありがと」

そして、月乃は優しく微笑《ほほえ》むのだった。

月乃に肉じゃがを食べさせてもらった、翌日のこと。

学校終わり、帰宅しようとした俺は日向に呼び止められ、自宅近くのスーパーまで来ていた。今日の夕飯のための食材を買いたいらしい。

「ねえ、悠人君。今日はハンバーグにしよっか？」

「おっ、いいなそれ。ハンバーグ、得意なのか？」

「そういうわけでもないけど、ひき肉が二割引きだったから。せっかくだから買おうかなって」

「ってことは、割引の食材を見てからメニュー考えてるのか。凄《すご》いな……」

そこで、くす、と日向が笑みを零す。

「なんだか、こうして悠人君と夕飯の買い物をしてるのが不思議な気分。ついこないだまで、私たち同級生だったのにね」

言いながら、日向は商品のサラダ油を手に取る。ポップには、『大特価につきお一人様一点まで！』と書かれていた。

運が良いことに、サラダ油は残り一本だ。日向が二本目を取ろうとするが、不意に動きを止めた。

別のお客さんが、サラダ油を取ろうとして日向の手に当たったからだ。お客さんである少女は、ぺこりと頭を下げると、

「あっ……ごめん、なさい。どうぞ」

「いいえ、そちらこそどうぞ。私たちはもう一本買って——えっ、月乃ちゃん？」

手がぶつかった相手は、月乃だったのだ。月乃も俺たちと出会うと思ってなかったのか、目をぱちくりとさせていた。

「悠人。それに、日向さん……？」

「奇遇だね。月乃ちゃんも、普段からこのスーパーを使ってるんだね」

「うん。家から一番近いから。でも、どうして悠人と日向さんが一緒にいるの？　……あっ、そっか。そういえば、二人は姉弟だったんだよね」

和やかに会話をする日向と月乃。心持ち、月乃の表情も柔らかく見えた。

生徒会長と副生徒会長だからっていうのもあるだろうけど、無口な月乃がこんなに打ち解けるなんて珍しい。普段の月乃はもっと人見知りなんだけどな。

それも、日向の性格によるところが大きいだろう。何しろ、月乃を『月乃ちゃん』と呼べる生徒なんて日向くらいだ。月の天使の人見知りを無効化するくらいの向日葵《ひまわり》の女神のコミュ力、恐るべし。

でも、月乃が一人で食材を買ってる光景なんて初めて見たかも。

「月乃、また料理作ろうとしてるのか？」

「……うん。肉じゃが、失敗しちゃったから。それで悠人をがっかりさせちゃったし」

「いやいや、がっかりなんてしてないって。むしろ期待感しかないから」

「……？　あっ、もしかして月乃ちゃん、肉じゃがに挑戦したの？」

話の流れを理解したのか、ぽん、と日向が手を叩《たた》く。

「でも、肉じゃがって結構難しいよね」

「……そうなの？」

「うん、具材は乱切りでいいのは楽だけど、落とし蓋が無いと味にムラが出来ちゃうから。初めて作った時は私も失敗しちゃったなぁ」

「らんぎり？　おとしぶた⁇　……えっと、必殺技の名前？」

あっ、ちんぷんかんぷんって顔してる。多分、初めて聞いたんだろうな。

「なあ、月乃。良かったら、やっぱり俺が料理教えようか？」

月乃が驚いたように、目を丸くした。

「昨日、月乃は一人でやりたいって言ってたけど、やっぱり教えてくれる人が傍にいた方が上達が早いと思うんだよ。俺なら少しは料理出来るし、ちょっとは役立つと思う」

もし、月乃が俺の料理を食べたくないと思っているのなら、それはもちろん寂しい。

でも、月乃は今、目の前で頑張ろうとしている。だったら、少しでもそんな月乃を手助けしてあげたかった。

「いいの？　多分、悠人にいっぱい迷惑かけちゃうよ？」

「全然構わないって。まあ、月乃が料理上手くなり過ぎたらって思うと複雑だけど」

「……どうして？」

「だって、俺より上手になったら俺の料理なんて必要ないだろ？　っていうか、もしかしたら俺の料理に飽きちゃったから自分で作ろうって——」

まるで言葉を遮るように、ぐっ、と月乃が俺の腕を掴《つか》んだ。

月乃の顔に浮かぶのは、つい息を呑《の》んでしまうくらい、真剣な表情。

「そんなこと、ない。絶対にない。わたし、悠人の料理好きだから。悠人がわたしのために作ってくれるなら、絶対に食べるよ」

「……そ、そっか。なら、良かった。月乃が美味しそうに俺の料理食ってくれるの、嬉しかったし」

その言葉に、自分でも意外なくらい安堵《あんど》した。なんだ、俺の料理が嫌になったってわけじゃなかったのか。

……あれ、じゃあどうして月乃は料理を上手くなろうとしてるんだろ。

「悠人君と月乃ちゃんって、仲が良いんだね。そういえば、月乃ちゃんって最近は悠人君にご飯を作ってもらってるんだっけ？」

「うん、悠人にはいつもお世話になってる。だから、日向さんが悠人のお姉ちゃんって知った時はすごくびっくりした」

「そうだよね、私だってまだ悠人君が弟って感じしないもん」

二人が喋りながら買い物を続ける隣で、俺は月乃と一緒に作る料理を考えていた。あんまり難しい料理は避けた方がいいし、どれがいいかな……。

俺たちは買い物を終えると、エコバッグに荷物を詰める。日向が精肉と鮮魚を無料のポリ袋に入れてるのは、エコバッグを汚さないためだろう。やっぱり、しっかりしてる。

俺がエコバッグを手に取ると、日向が微笑んだ。

「荷物、持ってくれるんだ？　ありがと」

「まあ、料理を作ってくれるのは日向だからな。これくらいしないと申し訳ないし」

「えっ……悠人のご飯って、日向さんが作ってるの？」

「俺と日向が家族になって、まだ日も浅いからな。親睦を深めるために日向とは夕飯を一緒に食べるようにしてるんだ」

と、一応そういう建前ってことにしとく。同居は隠しておきたいけど、一緒に食事をすることは多分月乃には誤魔化しきれないだろうし。

そこで、ふと気づく。

どうしてか、月乃が石になったみたいに固まっていた。

「月乃……？　どうした、急にフリーズして」

「──えっ？　ううん、別に何でもないよ？　そっか、日向さんが悠人のご飯……」

やっぱり、最近の月乃っていつもと違うような。

俺たちはマンションに到着し、一旦月乃と別れると自分たちの部屋に戻った。

「そういうわけで、これから月乃のとこ行ってくるよ。多分、夕飯も一緒に食べると思う。ごめんな、日向が作ってくれた料理は明日食べるから」

日向と同居するうえで、『夕飯なしの連絡は夕方の六時まで』という決まりを作っていた。今まで一人暮らしだったのに家庭のルールだなんて、何か不思議な感じだ。

「うん、分かった。全然気にしなくていいよ？　……いいなぁ、月乃ちゃん」

……ん？

「日向、気になること言わなかった？」

「えっ⁉　な、何のことかなー？　私、何も言ってないよ？」

「その割にやけに目が泳いでるけど。俺の気のせいじゃなかったら、『いいなぁ、月乃ちゃん』って言わなかった？」

「……え、えへへ」

はにかむように日向が笑う。

「ほら、悠人君と月乃ちゃんって幼馴染でしょ？　二人が喋ってると、昔から一緒にいたんだなって伝わってくるから……羨ましいなぁ、って」

ああ、そういうことか。

俺と月乃は子どもの頃からお隣さんで、家族同然の付き合いをしてきた。正直、俺が真っ先に思い浮かぶ一緒にいて落ち着く相手は、月乃だ。

「まあ、月乃は幼馴染だから。でも、日向は俺の姉さんだろ？　これからは一緒に暮らせるんだし、気が付けば一緒にいることが当たり前になってるよ」

「……うん、そうなるといいね」

そして、日向は躊躇《ためら》いがちに微笑むのだった。

その後すぐ月乃の部屋のインターホンを押すと、すぐに彼女は出迎えてくれた。

やる気全開なのか、月乃は学生服の上に母親のエプロンを着けていた。思えば、幼馴染の俺ですらあまり見ない超レアな服装だ。

「エプロン姿の月乃なんて、小学生以来かもな。うん、なかなか様になってる」

「そう、かな。……ありがと」

そこで、俺は違和感を覚えて内心で首を傾げる。

まるでそっぽを向くように、月乃が俺に目を合わせてくれないのだ。

「それより、早く料理の準備しなきゃ。こっち来て？」

慌てたように、ぱたぱたと月乃がキッチンに向かう。

キッチンにて、俺は腕まくりをすると、

「よしっ。じゃあ、早速料理を始めよう。今日は、初心者でも簡単にマスター出来る俺のおすすめ料理、ミートソースパスタだ」

経験上、パスタというのは調理が簡単な部類に入る。

中でも、ミートソースは特にこだわらなければ少ない食材を炒《いた》めて煮るだけ、という非常に楽な料理だ。もしかしたら全人類が美味しく作れる逸品なのでは、と密《ひそ》かに思ってるほどだ。

「ただ、どうしても包丁は使うことになっちゃうけどな。もし無理だったら、俺が代わろうか？」

「ううん、やってみる」

緊張と決意がない交ぜになったような瞳で、月乃は包丁を握る。

まな板に載った玉ねぎに刃を当てるが、その手は微かに震えていた。無理もない、月乃は料理の経験が浅いうえに、苦手意識もあるんだから。

もしかして、肉じゃがを作った時もこんな風に怯えてたのかな。

少しでも力になりたくて、背後から月乃の手をそっと掴んだ。

「あっ――」

「大丈夫。落ち着いて切れば、怪我《けが》をすることなんてないから。ほら、こうやって……」

共同作業をするように、一緒に包丁を下ろす。と、玉ねぎは半月状に切れた。

「なっ、簡単に切れただろ。……？」

ふと、気づく。

あの、いつだって無表情の月の天使って言われた月乃が――顔を赤くしていた。

こんな月乃、小さな頃から一緒にいた俺だって見たことない。

つい言葉を失った俺に、月乃が俯《うつむ》きがちに口を開く。

「近いよ、悠人。もうちょっと、離れて」

「わ、悪い。そうだよな、このままだと料理し辛《づら》いだろうし」

今のはちょっと近すぎたか。幼馴染の悪いとこだな、お互い距離感がちぐはぐだ。

月乃は落ち着くように深呼吸をすると、ゆっくりと包丁を下ろす。と、ぎこちない手つきながらも玉ねぎが切れた。

「すごいな！　やるな、月乃」

我ながら、幼馴染が玉ねぎを切ってここまで感動出来る男、そうそういないと思う。

しかし、月乃は余程集中してるのか、俺に返事することなく調理を続ける。やがて、玉ねぎをみじん切りする段階に入ると、ぴたりと固まった。

「……ねえ、悠人」

月乃が、頬を少しだけ朱に染めながら振り返る。

「みじん切りのやり方、よく分からない。だから、さっきみたいに教えて欲しい」

「えっ、でも、月乃は近いから離れてって」

「あれは、ただ驚いただけだから。……ダメ？」

甘えるように首を傾げる月乃に、思わず頬が緩みかけた。

そっか、さっきの別に嫌だったわけじゃないのか。

「ああ、全然いいぞ。みじん切りはこうやって——……？　月乃、何かにやにやしてない？」

「あ、あんまり見ないで。玉ねぎで泣きそうになってるだけだから」

——それから、俺のアドバイスに耳を傾けながら月乃は調理を進め、後はミートソースを煮るだけの作業となった。

「ほら、もうすぐ完成だ。これくらいなら月乃も一人で出来そうだろ？」

「うん、確かにそうかも。ちょっとだけ自信出た。でも、日向さんと一緒に暮らしても、悠人は今まで通りわたしのご飯作ってくれるんだよね？」

「まあな。月乃の両親にも頼まれてるし、月乃のために料理作るの嫌じゃないからな」

「そっか。……ねえ、日向さんがお姉ちゃんって知って、やっぱりびっくりした？」

「……そりゃな。日向とは、一年の頃から生徒会で一緒だったし」

そういえば、日向と姉弟だったことを月乃とちゃんと喋るのは初めてだ。

「悠人は、大丈夫？　日向さんと上手くやっていけそう？」

「今のとこは問題ないと思うけど。元々、日向とは気が合うしな。俺のために食事も作ってくれてるし、感謝しかないよ」

「そうじゃないの、わたしが心配してるのは別のこと。……悠人って、日向さんのこと好きだったたから。大丈夫なのかな、って」

言葉に詰まって、何も返答出来なかった。

……ああ、もう。どうして動揺するんだよ。

「さて、何のことかな。俺にはさっぱりだけど」

「……そっか。じゃあ、わたしの気のせいなのかな。悠人と日向さんはただのお友達だった、ってことでいいんだよね？」

「そーゆーこと。別に、日向に特別な感情なんてないってば。……それにさ、もしも、仮に、万が一に、天文学的な確率で日向のことが好きだったとしても。そんなの今更どうにもならないだろ」

まるで世間話でもするかのように、精一杯何気なく口にする。

「俺たち、姉弟なんだから。弟として、姉の日向と一緒に暮らすだけだ」

「……うん」

気のせい、だろうか。

料理をする月乃の横顔は、何だか悲しそうに見えた。

数分後、テーブルに置かれたミートソースパスタを前にして、月乃にしては珍しくそわそわしていた。

生徒会のみんなに見せたらぽかんとするだろうな、この光景。

「……エチケット袋、用意した方がいい？」

「何の心配してるんだ、何の。そんなに不安にならなくても、ほら」

「あっ……！」

躊躇いなくフォークに絡めたパスタを口に運び、もぐもぐと食べる。

そして、愕然《がくぜん》としたような表情で見守る月乃に微笑んだ。

「うん、イケる。月乃が作ったパスタ、美味しいよ」

「……だ、大丈夫？　お腹痛くない？」

「全然。ちゃんと作れてると思うぞ？　そんなに信じられないなら食べてみろよ。多分、自分でもびっくりするぞ？」

「……う、うん」

おっかなびっくりに、月乃がパスタを食べる。

その瞬間月乃が、ぱあぁ……！　と喜びに染まったような顔をする。って言っても、幼馴染の俺だから雰囲気で分かるだけで、他人にはいつもの無表情に見えるだろうけど。

「美味しい――これ、本当にわたしが作ったの？」

「これで、得意料理はカップスープにお湯を入れるだけじゃなくなったな」

「……記念に、冷凍保存しようかな」

お世辞抜きにして、月乃が作ったパスタは美味い。多分、俺が作る料理と同じくらいの出来栄えなんじゃないかな。

「やっぱり、パスタみたいな簡単な料理なのが良かったのかもな。そういえば、月乃はどうして最初に肉じゃがに挑戦したんだ？　何か特別な思い入れがあったとか？」

「……家庭的な料理が作れるようになりたかったから。そうすれば、ちょっとは悠人に見直してもらえるかな、って」

思わず、フォークを運ぶ手が止まった。

「見直すって、俺が月乃を？」

「だって、悠人っていつもわたしのお世話をしてくれるから。だから、せめて料理くらいは出来るようにならなきゃ、わたしのこと認めてくれないかなって」

もしかして、だから月乃は突然料理をしたいなんて言い出したのか。

「よく分からないな。俺は別に、月乃のことで手間がかかるなんて思ったこと一度もないけど。昔から月乃とは一緒だったし、困った時はお互い様だろ」

「でも、小さい頃から悠人は、ずっとわたしを守ってくれてたよ？」

どこか懐かしそうに目を細めて、月乃は俺を見つめる。

「覚えてる？　小学生の時、わたしが料理したいって言い出したこと。お母さんとお父さんを驚かせたくて、悠人と二人でこっそり料理を作ろうとしたよね」

「ああ、ちゃんと覚えてるよ。そのせいで月乃、料理が苦手になったんだから」

忘れるはずがない。今となっては笑えるけど、あの時は大騒ぎだった。

包丁を使おうとした月乃が、誤って指を切ってしまって大泣きしたのだ。それを聞いた月乃の父親は慌てて会社を早退したし、俺は子どもだけで危ないことをしたって理由で親父にこっぴどく叱られた。

「あの時、わたしは傷が痛くてずっと泣いてたけど……一番覚えてるのは、悠人が傍にいてくれた、ってことなんだよ？」

「……俺が？」

「悠人は泣いてばっかりだったわたしに絆創膏《ばんそうこう》を貼ってくれた。わたしの家族に連絡をしたのも、わたしが泣き止むまで手を握ってくれてたのも、悠人だったよね」

「それは、当然だろ。月乃が怪我をしたんだから」

「そんなことない。悠人がいてくれたから、あの時のわたしは頑張れた。まだ小学生なのに、悠人はわたしよりもずっとしっかりしてたよ」

月乃が浮かべるのは、柔らかい笑顔。

「あの頃の悠人、いつも言ってたよね。いつかお母さんみたいに、誰よりも優しい人になるんだって」

そうだったかもしれない。憧れだった母親を亡くしたばかりの俺は、あの人みたいになりたくていつでも背伸びをしていた。

だからこそ、月乃のことは放っておけなかった。猫みたいに自由気ままな月乃は、目を離せば遠くに行ってしまいそうなくらい、危なっかしく見えたから。

「悠人って子どもの頃から頼もしくて、隣にいるだけでとても落ち着いて……でも、それだけの関係のままなんてやだな、って最近思ったの」

「それって、もしかして俺の世話になりたくないとか、そういう……？」

「違うの。これからも、悠人には甘えたい。わたしのお世話係は、悠人だけ」

そ、そっか。そんなにはっきり言われると、少し照れるけど。

「でもね、うまく言葉には出来ないけど変わりたいって思ったのは本当だよ？　だからこそ、悠人の力も借りてこうやって料理も出来た。……だから、ね。悠人にお願いがあるの」

じっとこちらを見つめる、月乃の神秘的な色をした瞳。

「初めてちゃんと料理出来たこと、褒めて欲しい。……他の誰でもない、悠人に」

それは、息を呑むくらいに真剣な声色だった。

月乃が料理が苦手なんてこと、小さな頃からよく知ってる。そして、変わりたいって理由で克服したことも、何となく分かる。

そんな月乃が褒めて欲しいって言うのなら、叶《かな》えない理由なんて一つもなかった。

俺は、月乃の幼馴染だから。月乃の努力は、俺くらいは認めてあげたい。

フォークを皿に置き、俺は立ち上がると月乃の隣に腰を下ろした。

「……ゆ、悠人？」

隣に来るのは予想外だったらしく、月乃が戸惑いの滲《にじ》んだ声を零す。

そんな月乃の頭を、ぽん、と優しく撫《な》でた。

「頑張ったな、月乃」

俺も月乃のことを言えないな。数日前、子ども同士じゃないんだし撫で撫では止めてくれ、なんて言ったのに、今はこうして月乃の頭を撫でたいなんて思っている。

多分、それが俺と月乃の距離感なのだと思う。小さな頃から一緒にいたからこそ許される、二人だけの関係。

でも、こんな子ども扱いされたら月乃は怒るかもな。

そんな風に心配したけれど、月乃は何も言わない。微かに揺れる瞳で俺を見つめるのみ。

やがて、月乃のくちびるがゆっくりと動いた。

「――――」

「……えっ？」

その声はあまりに小さくて、はっきりと聞き取ることは出来ない。

けれど、もし俺の見間違いでないのなら、月乃はこう言葉にしたように見えた。

好き、と。

「好き、です——ずっと前から、あなたが好きでした」

今度は、確かに聞こえた。

その瞬間、頭の中は真っ白に塗り潰されて、何も考えられなかった。

俺も、そして月乃も何も言わない。月乃は夢見るような表情で俺を見つめていて……やがて、どれだけ経《た》っただろう。

まるで、止まった時間が動き出すように。月乃の顔がみるみる真っ赤になっていく。

「〜〜〜っ！」

あたふたと慌てる月乃。そして、まるで恥ずかしさに耐えかねるように、突然ソファにダイブをするとクッションに顔を埋めた。

「つ、月乃……？」

「な、何も言わないで。今は、悠人の声を聞くだけでどきどきしちゃうから。……こんなつもりじゃなかったのに。悠人と一緒に料理したかっただけなのに」

じゃあ、やっぱりさっきの言葉って本心……？

途端に、全身がかあっと熱くなるのを感じた。月乃が、俺に告白をした？　小さな頃からずっと一緒にいた、幼馴染なのに？

「え、えっと、ごめん。もう一度確認するけどさ……俺のこと、好き、って言った？」

こくり、と月乃が頷《うなず》いた。

「悠人、ずるいよ。あんなに優しく笑いながら撫でるなんて。頭の中ぼーっとしちゃって……気が付いたら、好き、って言っちゃってた」

「……そ、そっか」

やばい。まともに月乃の顔が見られない。

だって、月乃が俺に恋心を寄せてるなんて、今まで一度だって考えたことない。俺と月乃はお隣さんの幼馴染で、それ以外の関係なんて想像もしてなかった。

俺たちにしては珍しいほどの沈黙が流れ、やがて月乃が口を開く。

「小さな頃から、気づいたら悠人と一緒にいたよね。悠人は頼り甲斐《がい》があって、傍にいるだけで落ち着いて……いつの間にか、悠人のこと考えると胸がきゅってなるようになってた。幼馴染のままなんて嫌だなって、悠人とは、もっと特別な関係になりたいって」

「……知らなかった。月乃が、俺のことそんな風に見てたなんて」

「わたしも、悠人が好きってこと頑張って隠してたから。……だって、もしわたしが告白しても悠人は振り向いてくれないって分かってたから」

月乃は身体《からだ》を起こし、切なそうにクッションをぎゅっと抱き締める。

「だって、悠人が好きなのはわたしじゃなくて、日向さんだから」

思わず目眩《めまい》を覚えるほど、その一言はあまりに衝撃だった。

「……はは、何だよそれ。俺が、日向を好きだって？」

「だから、日向さんが悠人のお姉ちゃんだって知った時、ついにやけちゃうくらい嬉しかった。だから、料理を勉強しようって思ったの。もしかしたら、悠人が振り向いてくれるかも、って思ったから」

「だから、俺は日向に特別な感情なんて……まあ、いいか。今更どっちでもいいからな。仮に片思いしてても失恋確定なわけだし。もう日向に対して未練なんて微塵《みじん》もないよ」

「嘘ばっかり。悠人、今でも日向さんのことが好きなくせに」

その月乃の一言が、まるで凶器のように俺の心に突き刺さる。

「っ！　何、を……！」

「分かるよ、それくらい。わたしは、一〇年以上も悠人と一緒にいる幼馴染なんだよ？

……まだ、日向さんのこと忘れられないんだよね。悠人って一途《いちず》だもん」

嫌な汗が背中を伝う。月乃は、俺の全てを見抜いている。

「悠人の気持ち、分かるよ。ほんの数日前まで同級生だった女の子が、今日からお姉ちゃんですって言われても納得なんて出来ないよね？　まだ恋は終わってないのに、片思いすら許されないなんてとっても辛《つら》いよね？」

誰にも見せることの出来なかった傷を、月乃が撫でる。

それは俺が心の何処《どこ》かで求めていた慰めで、月乃の一言一言が胸に沁みるように響く。

「ねえ、悠人――わたしじゃ、ダメ？」

それは、まるで天使のような優しい言葉だった。

戸惑う俺に対し、月乃が浮かべるのは柔らかい微笑み。

「悠人が日向さんのことを好きなのは、知ってるよ？　だからこそ、日向さんのことを忘れるために、わたしと付き合って欲しいの。恋人が出来れば、日向さんへの恋心も冷めるかもしれないでしょ？」

「なっ——それ、は……」

「それとも、悠人はわたしのこと、嫌い？」

「そんなことない！　そんなことない、けど——」

本当に、それでいいのか。

日向を一人の少女ではなく姉として見たい、というのは俺の切なる願いだ。そのために他の女の子と交際するのは、確かに合理的だと思う。

でもそれは、月乃の気持ちと向き合ってるって言えるのか？

月乃がソファから立ち上がり、ぐい、と座っている俺に詰め寄る。

俺を押し倒す寸前のような姿勢のまま、月乃は頰を染めて口にする。

「悠人、好き」

「つ、月乃……っ！」

「好き」

「…………」

吐息さえかかりそうなほどの距離に、心臓が止まってしまいそうだ。

俺にとって月乃は、かけがえのない存在だ。誰よりも大切な幼馴染だ。

そんな女の子に、好きだ、って言われて嬉しくないはずがない。

だけど……だけど。

「ごめん、月乃。……俺、月乃とは付き合えない」

月乃が、息を呑んだ。

罪悪感で胸が苦しい。でも、この感情だけは誤魔化しちゃいけないと思う。

月乃は俺の幼馴染だから。上っ面だけの言葉なんて、言いたくないから。

「月乃の言う通りだよ。俺、まだ日向のことが好きなんだ。だから、月乃の気持ちには応えられない」

「……でも、悠人は日向さんのこと、忘れたいんでしょ？　だったらわたしと——」

「そんなの絶対に駄目だ。好きな人がいるのに月乃と付き合うなんて、お前の気持ちはどうなるんだよ」

「それでもいい。悠人と付き合えるなら、わたしのこと好きに利用してもいいよ？」

迷いなんて欠片もないその言葉に、思わず息を呑んだ。

「わたしは、悠人にとっての特別になりたい。そのためなら、わたし以外に好きな人がいても構わない。……わたしなら、悠人がして欲しいこと全部してあげるよ？」

それは、悪魔の囁《ささや》きにすら聞こえた。

もし、月乃の優しさに甘えたのなら。俺は日向への恋を終わらせることが出来るのかもしれない。月乃と幼馴染以上の関係を築くことが出来るかもしれない。

でも、俺の決意は変わらない。

「さっき、月乃は俺のこと心配してくれたよな。日向が家族になっても大丈夫なのか、って。……やっぱり、月乃に隠し事なんて出来ないんだな。俺さ、もし月乃と付き合っても、日向のことを思い出しちゃうと思う」

俺を見つめる月乃の瞳を、真っ直《ま》ぐ《す》見つめ返す。逃げない、絶対に。

「小さな頃から一緒にいた月乃だからこそ、そんな中途半端な気持ちで付き合うなんて絶対に嫌なんだ」

「……そんなに、日向さんのことが好きなの？」

「ごめんな。月乃の言う通り、忘れなきゃいけないんだと思う。だけどさ……初恋、だったんだよ。好きだって感情が芽生えた女の子、日向が初めてだったんだ」

初恋は魔法に似ていると思う。気が付けば一人の少女に夢中になっていて、その娘のことを思うだけで無敵だった。日向が振り向いてくれるなら、何だって出来る気さえした。

でも、この世界に魔法使いなんていないから。

かけられた魔法を解く術は、俺も、そして日向でさえも知らない。

「情けないよな。日向と一緒に暮らした日から、初恋は諦めるって決めたはずなのに。日向の顔を見るだけで、あの頃のこと思い出しちゃうんだ。月乃の気持ち、本当に嬉しいのにさ。俺は……俺は――！」

そう、口にした瞬間だ。

柔らかく包み込むように、月乃が俺の身体を抱きしめた。

「もういいよ。ちゃんと話してくれて、ありがと。……悠人、辛かったよね。それくらい、日向さんのこと好きだったんだもん」

「……ごめん、月乃」

「謝らなくていいよ。だから、そんな泣きそうな顔しないで？　ほら、いいこいいこ」

ぽんぽん、と。子どもをあやすように、月乃が俺の頭を撫でる。

「……もう子どもじゃないんだから撫で撫では止めてくれ、って言ったのに」

「悠人もさっきわたしにしたから、そのお返しだよ？」

ほんとに、月乃は優しい。泣いてしまいそうなくらい。

「でも、フラれちゃったね。残念、悠人のことずっと好きだったのに」

「……ごめん」

「別にいいよ？　わたしも、まだ悠人のこと諦めてないもん」

「えっ……？」

「自分でもびっくり。いつまでも日向さんのことを好きな悠人を一途だって呆れてたけど、わたしも同じだったみたい」

月乃が俺から離れる。月乃の表情に浮かぶのは、告白を断られた少女とは思えないような、はにかんだ笑み。

「だって、悠人は日向さんへの初恋を忘れて家族になりたい、って思ってるんだよね？　もし悠人の日向さんへの想《おも》いが冷めたら、その時はわたしにもチャンスがあるでしょ？」

くす、と月乃は笑みを零す。

「今はまだ悠人の恋人になれないけど、その時になったらまた告白してもいい？　……悠人が他の女の子と付き合うかも、って考えるの、もう嫌だもん」

躊躇いなく口にする月乃に、俺はただ目を見張るばかり。

同じなんだ、俺も月乃も。

お互い恋が実らないと理解していて、それでも想い人が忘れられない。違うのは、俺は必死で忘れようとして、月乃は必死で叶えようとしている。

誰かに恋い焦がれる衝動は、人を何処までも突き動かすものなのかもしれない。

「なあ、月乃。一つだけ約束させてくれないか？」

一度だけ大きく深呼吸をして、はっきりと言葉にした。

「俺は、日向と家族として暮らせるように努力する。でも、俺が日向と一緒にいるときっと月乃は不安になると思うから。俺が初恋を忘れるまで、月乃のどんなお願いも断らないって約束させて欲しい」

それが、月乃のために出来る俺なりのケジメだ。

日向を忘れられない俺のせいで、月乃には悲しい思いをさせてしまったから。だから、月乃が俺にして欲しいことなら、全部叶えてあげたかった。

「どんなことでもいいの？　じゃあ、キスして？」

「……ご、ごめん。どんなお願いも、っていうのはやっぱ無しで」

「約束して五秒で撤回するのは、どうかと思うな」

「し、仕方ないだろ！　まさか、そんなハードル高いこと言うなんて思ってなかったし。美味しい料理が食べたいとか、それくらいのことかと……」

「冗談だってば。本気で悠人にキスして欲しい、なんて思ってないよ？　まだ日向さんが好きなのに誰かとキスなんて、出来ないもん」

　ぐぬぬ……。なんか、弄ばれた気分。

「で、でも、出来るだけ月乃の頼み事は叶えるつもりだから」

「そうだなあ。じゃあ……ぎゅってして？」

　俺にもたれかかるように、そっと月乃が倒れ込む。

　このまま、背中越しに抱きしめて欲しいってことだろうか。

「こんな風に悠人に抱きしめてもらうの、憧れてたんだ。それとも、これもダメ？」

「……べ、別に、これくらい普通だよな？　だって俺たち、幼馴染だし。

「そ、そんなことない。えっと、こうか……？」

　ぎこちなく、大切な宝物を傷つけないように丁寧に、月乃の身体を抱きしめる。

　ふわりと香る、甘い匂い。手のひらに伝わるあたたかいぬくもり。

　不思議だった。どれも小さな頃から知っているのに、こんなに動悸が激しくなるなんて。

やっぱり、月乃に好きだと言われたから、だろうか。

「ありがと。こうしてどんなお願いも聞いてくれるなら、フラれるのも悪くないかな。この世界でたった一人、わたしだけの特権だもん」

「……俺みたいな普通の高校生にどんなことでもします、って言われても喜ぶ人、いないと思うけどな」

「そんなことない。少なくとも、わたしにとっては特別だよ？　今まで悠人は、わたしのこと幼馴染としてしか見てくれなかったもん。こんな風に恋人らしいことが出来るなんて、夢にも思ってなかった」

そうかもしれない。確かに俺は、月乃のことを一人の少女として見たことはあまりなかった。それくらい、小さな頃からあまりに一緒にいすぎた。

「覚悟してね？　悠人が日向さんのこと忘れるまで、たくさん甘えるから」

月乃の体温を感じながら、ふと思う。

いつかまた、月乃は必ず俺に告白をするだろう。

もし、その時。日向への恋心を諦めていたなら――俺は、月乃と幼馴染以上の関係になるのだろうか。

三章　きのこグラタン／一緒におでかけ／思い出の少女

月乃《つきの》に告白されたあの日から、一週間くらいが経《た》った。

『月乃のお願いならどんなことでも出来るだけ叶《かな》える』なんて大仰な約束をしたけれど、今までとあまり変わらない生活を過ごしている。

変化といったら、最近は毎日月乃の家で夕飯を作っていることだろうか。

だから、学校が終わってから日向《ひなた》と顔を合わせるのは、月乃の夕飯を作り終えて家に帰ったタイミングが一番多い。

「ただいま～」

「あっ、おかえり。月乃ちゃんのお料理、ご苦労様」

俺が家に帰るなり、エプロン姿の日向が顔を出して出迎えてくれた。

……なんか、おかえりって言われ慣れてないからか、未《いま》だにむずむずするな。一人暮らしを始めるまで、いつも俺が親父《おやじ》におかえりって言う立場だったし。

一方で、日向はおかえりって言う度に決まって、にへー、と柔らかい笑顔を浮かべる。

まるで、その言葉を口にするのが嬉《うれ》しくて仕方ない、って風に。

「学校が終わってすぐに月乃ちゃんのご飯作るの、大変でしょ？　良かったら、私が月乃ちゃんのご飯も作るけど」

「いや、いいんだ。俺が月乃に食べて欲しくて作ってるからさ」

「あっ、その気持ち分かるなぁ。悠人《ゆうと》君って月乃ちゃんのお世話係だもんね。……あっ、ご飯出来るまでもう少しかかるから、その間お風呂でも入る？」

「えっ、風呂の準備出来てるのか⁉　日向、料理してるのに……？」

「こういう生活、中学生の頃からしてたから。慣れれば簡単だよ？」

「そ、そっか。なら、先に入っちゃおうかな……」

浴室に入り湯船に浸《つ》かると、身体《からだ》の芯までぽかぽかして吐息が零《こぼ》れた。もうすぐ冬になろうとするこの季節、思った以上に身体が冷えていたのか、思わず蕩《とろ》けてしまいそう。

（帰ったらお風呂が沸いていてそのまま湯船でくつろげる、か……）

ここが天国ってやつか。

今まで風呂に入ろうと思えばお湯を張る作業が必須だった暮らしを思えば、こんな贅沢《ぜいたく》が許されるのかって恐ろしくなるくらいだ。

実際、日向と同居してから俺の生活レベルはぐんと上がった気がする。

一人暮らしの頃は、生徒会や宿題で忙しい時は風呂を焚《た》くのが面倒でシャワーで済ますことだってあったし、洗濯を怠けることも多々あった。けれど日向が来て以来、こうして毎日湯船に浸かれるし、ちゃんと毎日洗濯機を回してくれている。

本心を言えば、日向との暮らしは快適すぎて、日向がいなければ生きていけない身体になっちゃうのでは、と不安を覚えるくらいだ。

「日向は俺のこと月乃のお世話係って言ってたけど、これじゃまるで俺が日向にお世話されてるみたいだな……」

お風呂から上がると、テーブルには出来上がった夕飯が並んでいた。メインの料理は、たっぷりのキノコが入ってるとろとろのグラタンだ。

「へえ、今日はグラタンなんだ。凝ってるな」

「秋になると、しいたけとかまいたけが安くなるから。それに、そろそろ寒くなってきたしあったかい料理の方が良《い》いかなって」

旬な食材まで取り入れた、完璧なメニューだった。

「……なあ、俺も何か家事とか手伝った方がいいかな。何か、日向ばっかりにやってもらって悪い気もするし」

「別にいいよ？　こういうの、ちっとも嫌じゃないから。私のおかげで誰かが笑顔になってくれたら嬉しいもん、むしろ素直にお世話されて欲しいくらいだよ？」

確かに、日向ってそういう女の子だったな。

誰かのためになりたい。そう素直に願える少女だからこそ、今では生徒会長として全校生徒の支えになってるんだから。

……うーん。だけど、俺も日向のために何かしてあげれないかな。

悶々《もんもん》としながら食事を終えると（なおグラタンは美味だった）、日向が洗い物をするためにキッチンに立った。日向は特に料理周りに関してはこだわりがあるようで、俺が洗い物をすると言っても頑として譲らないのだ。

その後ろ姿を見て、ぴん、ときた。

そうだ。日向のために、俺に出来ること。

「なあ、日向。良かったらさ、食洗機を買わないか？」

きょとん、とした顔で日向が振り返った。

「日向は料理を作ってくれるんだから、皿洗いくらいは機械がしてくれても良いと思うんだよ。それだけ時間の節約になるだろ？」

「食洗機……？　う、ううん、別にいいよ。わざわざ私のためにお金なんて出さなくても」

「日向って今は学校行く前に食器洗いしてるだろ。想像して欲しいんだけど、もし食洗機があったら入れるだけで、帰宅したらぴかぴかの状態になるんだ」

「入れるだけでぴかぴか……⁉」

いいぞ、食いついてる食いついてる。

「それに、ちょっとした収入があるから、家電を買うくらいの余裕ならあるし」

月乃の料理を作る代わりに彼女の両親から頂いてる三万円だが、食費に使っても結構残るため半年間せっせと貯《た》めていた。決して無茶な買い物にはならないだろう。

「何に使おうかな、って考えてたけど、その……日向のために使えるなら悪くないな、って。日向がちょっとでも楽になってくれるなら、本望だよ」

「……私の、ため」

ぽつり、とその言葉を日向が口にすると、はにかんだ笑顔を浮かべた。

「そ、そっか。じゃあ、お言葉に甘えちゃおうかな。えへへ、食洗機かぁ」

「じゃあ、今度の週末にでも買いに行かなくちゃな。えーと、食洗機くらい大きい家電を買うなら電車で繁華街まで行って――」

そこまで考えて、はたと気づく。

今まで、学校帰りついでに日向と一緒に食材の買い物くらいならしたことある。けど休日に、それも二人きりで日向と何処《どこ》かに出掛けるなんて、初めてだ。


そして、休日。

我が家から電車で二〇分くらい離れた、県で一番大きな家電量販店。そこでは家族連れを中心としたお客さんが多く、とても賑《にぎ》わっていた。

今日の日向の服装は白のシャツにブラウスを羽織った、黒のロングスカート。カジュアルながらも日向のイメージにぴったりなファッションだった。

正直、一生見てられるくらい可愛《かわい》い。

「悠人君……？　どうしたの？　何か、顔が怖いけど」

「えっ⁉　い、いや、別になんでもないけど？」

にやけないよう顔を引き締めてただけなのに、そんな風に見えてたのか……。

ちなみに、俺の服装は適当に選んだだけだ。日向のことを異性として意識したくなかったから、わざと気合を入れない服装にした。

俺と日向は目的の食洗機を探すため店内を歩く。途中、日向はフライパンやミートローラーを職人のような目で見ていた。流石《さすが》は料理ガチ勢、エンジョイ勢の俺とはこだわりが全然違う。

食洗機がずらっと並ぶ一角に辿《たど》り着《つ》くと、さながらプレゼントを探す子どものように、日向の目が輝いた。

「自動で食器を洗ってくれる夢の機械が、こんなに……！　悠人君。私は今、人類の技術の進歩に感動が止まらないよ！」

「俺はむしろ、食洗機でそこまで衝撃を受ける日向に感動してるよ」

さて問題は、どの食洗機を買うか、だ。

自慢じゃないが、人生において食洗機を買うなんてこれが初めてだ。俺も日向も、難しい表情で商品の説明書きと睨《にら》めっこをする。

「使うのは俺と日向だけだし、小さいサイズでも十分だよな」

「それでも種類が多いね。……わっ、すごい。この食洗機、高温で完全除菌だって」

日向は真剣な表情で、一つ一つ吟味していく。

やがて、小さく頷《うなず》くと目の前の食洗機を指さした。

「うん、決めた。私はこれがいいかな」

「……ん？」

日向が選んだのは、数ある商品の中で一番小さく、そして一番古い型だった。

「これでいいのか？　他にもっと高機能なやつもあるけど」

「そんなの私にはもったいないってば。ほら、私ってまだ高校生だから、あんまり立派な食洗機なんて似合わないのかな、って」

どうしたんだろ。さっきまで、あんなに楽しそうに選んでたのに。

疑問に思いながら、俺は食洗機を見つめて……あー、なるほど。そういうことか。

多分、日向がこれを選んだ理由は、値段だ。

この食洗機は、数ある商品の中で最安値だった。

「多分だけどさ、日向ってこの食洗機を気に入ったわけじゃないだろ。俺に遠慮して、一番安い食洗機を選んだだけじゃないのか？」

「えっ⁉　そ、ソンナコトナイヨー？」

「分かりやすい反応だなあ。別に、気を遣わなくていいのに。買おうって提案したの俺なんだから」

「……だって、私のためにお金を使わせちゃうなんて、悪いなって思っちゃって。私って、悠人君の家に住まわせてもらってる立場だし」

なるほど、日向らしいな。

日向は誰にでも優しいからこそ、いつだって自分より他人を優先させてしまう。他人のためなら自己犠牲も厭《いと》わない、それが日向という少女の本質だ。そんな姿に俺は尊敬だってした……だけど、だ。

本心を言えば、ちょっとくらい甘えたり、我がままを言って欲しい。

俺たちは、家族なんだから。

「参考までにだけどさ、この食洗機欲しいなっていうのは少しも無かったのか？」

「あるけど、悠人君にお願いするのはちょっと……」

「見てみるだけだからさ、なっ？」

「……こっち、なんだけど」

日向が指をさしたのは、先程より一回りだけ大きい食洗機。ぱっと見た感じ洗練されたデザインで、お洒落《しゃれ》だなって思ったのが素直な感想だ。

「へえ、結構色んな機能が付いてそうだな」

「そうなのっ。酵素活性化洗浄と高温除菌で綺麗《きれい》に洗えるのがポイントで、それに静音だから音があんまりしないんだって！　しかも、ね」

さながら告白でもするかのような、息を呑《の》むほど真剣な表情。

「お皿だけじゃなくて――カレー鍋も、洗えるんだって」

「それは凄《すご》いな！」

とんでもないパワーワードだった。一度でもカレーを作ったことがある人ならば、あの頑固な汚れを落とす大変さは身に沁《し》みて分かるはず。

料理が好きな日向なら、尚更《なおさら》手に入れたいって思うだろうな。

そう思いながら値札を見れば、文字通り、周りとは桁違いの金額が目に飛び込んだ。

「んぐっ……!?」

「だから言ったでしょ？　悠人君にお願いするのは悪い、って」

苦笑いを浮かべる日向に対して、俺は顔を引きつらせっぱなしだった。

忘れていた。家電の性能が良ければ良いほど価格が高くなるのは、この世の不文律。けど、まさかこんなにするなんて……！

はっきり言えば、予算の倍もしていた。

「悠人君の気持ちは嬉しいけど、やっぱり無理だよね。だからさっきのにしよ？」

全く未練がないような、日向の笑顔。きっと、こんな高価な物を買ってもらえるだなんて、夢にも思っていないのだろう。

でも日向は、これが一番欲しいって言った。だったら――。

「ごめん、ちょっとだけ離れる。少し待っててくれるか？」

きょとんとする日向を置いて、俺は家電エリアから離れて電話をかけた。

電話をかけた先は、親父だ。幸運にも電話はすぐ繋《つな》がった。

『どうした。お前から電話なんて、何か困りごとか？』

「頼み事があってさ。ちょっと高価な食洗機が欲しいんだけど、俺の財布だけじゃ払えそうにないんだ。悪いけど、半分だけ親父から借りてもいいかな」

『食洗機？　どうしてそんな物今更……いや、待て。もしかしてそれ、日向が欲しいって言ってるのか？』

「そういうこと」

　親父は、なるほどな、と電話口の向こうで呟《つぶや》くと、

『息子が親父に向かって、半分だけ貸してくれ、なんて水臭いこと言うな。家電くらい俺が全額払う』

「いや、気持ちは嬉しいけどさ、今回は俺がプレゼントしたいんだ。日向は料理どころか家事全般やってくれるし、何か恩返ししないと気が済まないっていうか」

『そうか。……お前ら二人が仲良くやってるようで、安心したよ』

　まあ、今でも日向と暮らしてるとどぎまぎしちゃう瞬間はあるけど。

『なら、その半分の金額は永遠に貸しとく。別に一生そのままでも良いが、気が向いたら返してくれ』

　そう言い残して電話は切れた。親父が日本に帰ってきたら、改めて礼を言わなきゃな。

　家電エリアに戻ると、日向は例の食洗機をじ～っと見つめていた。どうやら、俺がいることも気づかないくらい夢中らしい。

「やっぱりさ、俺の前だから我慢してただけで、本当は欲しくて仕方ないんじゃ……？」

「ひゃうっ⁉　ゆ、悠人君⁉　そ、そんなんじゃないよ？　ただ、この食洗機のフォルムが美しいなぁ、って思ってただけだから！」

「だったら、これから毎日その美しい食洗機を眺められるな。さっき親父と相談して、半

分出してもらえることになったから」

「えっ……？　ほ、本当にっ？」

日向の口元が嬉しそうに緩み、しかしすぐに申し訳なさそうに顔を伏せる。

「でも、こんなに高級な物を買ってもらってもいいのかな」

「そうかな？　俺はむしろ、お買い得だって思ってるけど。だって、もしかしたらこれからずっと、日向と一緒に暮らすかもしれないんだから」

驚いたように、日向が顔を上げた。

「もし日向が高校を卒業しても、俺の家に残る可能性だってあるだろ？　だったら、日向がちょっとでも楽になるように、少しでも良い食洗機を買った方が良いかなって」

気恥ずかしさを誤魔化すように、俺ははにかみながら口にした。

「日向とはもう家族だから。これくらい、ちっとも高い買い物なんかじゃないよ」

日向が呆気《あっけ》にとられたのは、一瞬。

やがて、くす、と笑みを零した。

「そっか。うん、そうだよね。……ありがと。この食洗機、絶対に大切にするから」

「……べ、別に感謝されるほどじゃない。日向にはいつも料理を作ってもらってるし」

日向はもう家族のはずなのに、その笑顔に緊張してしまう自分がいる。

いや、でも言い訳させてもらうとこれでも大分マシになった方なのだ。日向に初恋してる頃なら、多分もっと身体が熱くなってたと思う。

「ねえ、良かったらこの食洗機を買う前にちょっとお店の中を回らない？」

そうしてくれると助かる。後でお金を下ろさないといけないし、もう少し日向との買い物を楽しみたかった。

店員さんに取り置きをお願いしお金を下ろした後、店内を歩いてみることにした。

どうやら家電だけでなく家具にも力を入れているようで、その品揃《ぞろ》えは専門店に見劣りしないほどだ。

「日向と暮らし始めたことだし、色々買い替えてもいいかもな。たとえば、カーテンとか」

「えっ……いいの？」

「俺の家庭って男しかいなかったから、日向の好みに合わないかもしれないだろ？　これから毎日見るものだし、良い機会かなって。日向は好きな色とかあるか？」

「そうだなぁ……あっ！　この水色とかいいかも。海の中にいるみたい」

カーテンを撫《な》でながら、はしゃいだような笑みを俺に向ける。

「じゃあ、二人で半分ずつ出して買おっか？　一緒に使うもの、だもんね」

日向と暮らし始めたばかりだから、だろうか。何だか、こうして日向とインテリアを選ぶことが楽しい。二人で真っ白なキャンバスに彩りを加えていくような、そんな感覚。

「悠人君って、観葉植物とか部屋にあっても大丈夫？」

「あー、どうかな。嫌いじゃないけど、大きすぎるのはちょっと。棚に飾るくらいなら一緒に育てるか？」

「いいね、それ！　こういうの憧れてたんだ。じゃあ、水やりは毎日交代でしょっか？　私がしてもいいんだけど、悠人君と一緒に育ててみたい――」

と、それまで顔を輝かせていた日向が、急に口を噤《つぐ》む。

どうしたんだろう。何だか、顔が赤いような。

「そ、その、ごめんね。何だか、急に恥ずかしくなっちゃって」

「恥ずかしい……？」

「う、うん。なんていうか、こうして新しい生活のことを悠人君と喋《しゃべ》ってるとね、その……同棲《どうせい》してるカップルみたいだなー、なんて」

「えっ？」

「な、なんでもない！　それより、あっちの方行ってみない⁉」

「……⁇」

なんだろう。日向、やけに様子がおかしいような。

ロボットみたいにぎくしゃくと、インテリアのエリアを離れる。でも、最近の家電量販店って凄い。本当に色んなものが取り揃えてある。

ふと、とあるエリアで日向が足を止めた。

玩具エリアにある、ぬいぐるみのコーナーだった。

「日向、ぬいぐるみが好きな趣味でもあったっけ？」

「特別好きってほどじゃないかな。でも、一つだけ好きなキャラクターがいるから、こういう場所に来るとついその子がいるか探しちゃうんだよね。……あっ、いたいた」

日向が頬を緩ませながら手に取ったのは、まるでたんぽぽの綿毛のように全身がもこもこした柴犬《しばいぬ》ちっくなぬいぐるみ。

……あれ？　何かこのキャラクター、知ってるような――。

「これってもしかして、ふわしば……？」

「悠人君、覚えてるんだ。私たちが子どもの頃、凄く流行《はや》ったもんね」

「あー、そうそう！　懐かしいな、クラスの女子みんながこのグッズ持ってたよね」

当時はこのふわしばのアニメが流行ってて、ご主人様の女の子のために頑張る忠犬っぷりがとにかく癒《いや》される、って女子に大人気だったたっけ。『寂しい時はいつでも抱きしめてね』ってキャッチフレーズの通り、ふわしばのぬいぐるみを抱いてる女の子がたくさんいた。

けど、ブームには必ず終焉《しゅうえん》が訪れるのが世の常で。

新しいキャラクターが登場する度にふわしばを見かける頻度は減って、ついには多くの人に忘れ去られてしまった。ゆるキャラなのにちっともゆるくない業界だ。

「けど、こうして今もぬいぐるみになってるなんて、やるなふわしば」

「昔から好きだった人とか、今でも応援してるからね。私も小さな頃はふわしばのアニメが大好きだったなぁ。いつも一人だったから、ふわしばだけが楽しみだったもん」

「……いつも、一人だったから？」

「あっ——えっと、昔の話だよ？　子どもの頃、あんまり友達がいなかったから」

意外だった。向日葵《ひまわり》の女神なんて呼ばれて誰もが憧れる日向が、小さな頃は友達が少なかったなんて。

上機嫌な笑顔のまま、日向がぬいぐるみを撫でる。もしかしたら、抱きしめたいけど商品だから我慢してるのかもしれない。

「ふわしばって、小さいのに健気《けなげ》でしょ？　女の子の落とし物を見つけるために、隣町まで大冒険したり。凄い頑張り屋さんなんだなって、子どもながらに感動しちゃったもん」

「それだけ聞くと、何か日向に似てるな」

「……私に？」

「日向だって他人思いだろ？　みんなのために生徒会長になったり俺のために家事をしたり、そういうこと平気で出来ちゃうからさ。ふわしばに負けないくらい頑張り屋だと思うけどな」

「あはは、そうかな。そんなこと言われたの初めてかも。そっかぁ、私がふわしばみたいか。じゃあね——」

日向が浮かべるのは、まるでいたずらな姉みたいな笑顔。

「悠人君が寂しい時とか、ふわしばみたいに私のこと抱きしめてみる？」

「え——」

一瞬だけ、頭が真っ白になる。俺が日向を、抱きしめる――。

それは数秒の沈黙。やがて、日向の頬がみるみる内に朱に染まっていった。

「な、なんちゃって！　あくまで、お姉ちゃんと弟としてだからね⁉　恋人みたいにとかじゃなくて、家族でじゃれあうみたいな、そういうニュアンスだから！」

「あっ……そ、そうだよな」

いや、考えてみれば当然だ。異性としてそんなこと出来るはずないんだから、「ははは、こやつめ」みたいに俺も冗談で返すべきだった。

……やっぱり、どうしても日向を同級生として見ちゃうな。

でも、ふわしば、か。

ぬいぐるみの値段は二〇〇〇円。うん、全然余裕がある。

「あのさ、迷惑じゃなかったら、そのぬいぐるみもらってくれるかな。日向に受け取って欲しいんだけど」

「……このぬいぐるみを、私に？」

日向がきょとんとしたのも、一瞬。顔を真っ赤にしてぶんぶんと手を振る。

「え――ええっ⁉　べ、別に気を遣わなくてもいいよ⁉　そんなの悠人君に悪いっていうか、なんか照れちゃうっていうか……！」

「気にしなくていいって。これくらい、全然普通だろ？」

出来るだけ自然に、日向に笑いかける。

「これが同級生同士ならちょっとは特別な意味があるかもしれないけどさ、俺たちはもう家族なんだから。弟からのプレゼントくらい、素直に受け取ってくれ」

驚いたように、日向がぱっちりと目を開いた。

そう、日向はもう俺の初恋の人じゃない。お節介なくらいに優しくて、家族に対して甘い俺の姉さんだ。

だったら、ぬいぐるみをプレゼントするくらい、別に構わないよな。

「それに、ぬいぐるみを嫌いな女の子って少ないから。気軽に渡しやすい、っていうか」

「……ふーん。何か、こういうの初めてじゃない感じするね。女の子にはぬいぐるみが効果的っていうのは、経験則？」

「い、いやいや、そういうわけじゃないけど」

けど、日向の言葉もあながち間違いってわけでもない。ずっと昔、ぬいぐるみをプレゼントしたらとても喜んでくれた女の子がいたから、今でも覚えてるだけだ。

そういえば、あの時にプレゼントしたぬいぐるみも、ふわしばだったな。何かとふわしばに縁があるな、俺の人生。

「なんて、ありがと。この子はお迎えしよっかなって思ってたから嬉しいな」

「そっか、なら良かった。確かに、ふわしばって結構可愛いもんな」

「あれ、もしかして悠人君も興味あるの？」

「ちょっとだけ。懐かしいキャラだし、一つくらい部屋にあってもいいかなって思うんだけど、こういうの男子だとレジまで持って行きづらいからさ。今回は止《や》めとこうかな」

「でも、他人からの贈り物だったら、悠人君も恥ずかしくないよね？」

そう言うと、日向はもう一体ふわしばのぬいぐるみを俺に手渡した。

「これ、私からのプレゼント」

「えっ？　日向から、俺に……？」

「悠人君、ちょっとだけ欲しそうにしてたから。……迷惑、かな」

「いや、全然そんなことない。ただ、びっくりしただけだから。でも、同じぬいぐるみを買わせちゃうなんて何か悪い気がするな」

「私は、むしろ受け取って欲しいかな。悠人君と同じ物を持つの、憧れてたんだ。ほら、服とか小物とか、家族でペアにして楽しんだりするでしょ？　そういうのいいな、って思ってたから」

ああ、なるほど。だから日向は、このふわしばを俺に贈りたいのか。

日向にとってこれは、家族である証《あかし》みたいなものだから。

「そっか。そういうことなら、このぬいぐるみは大切にしなきゃな」

「……受け取ってくれるの？」

「まあ、ふわしばには興味があったしな。それに、日向が一緒な物を贈りたいって言うなら構わないよ。姉貴のわがままに付き合うのは、弟の仕事だしな」

ぽかん、と日向が呆気にとられたのは一瞬。

やがて、喜びの感情が抑えきれないように、ぎゅっとふわしばを抱きしめた。

「ありがと、悠人君。……えへへ、お揃いだー」

まるで無垢《むく》な少女のような、無邪気な笑顔。

日向って、こんな風に笑うんだな。

それは同級生としてではなく、そして生徒会長としてでもなく——家族という存在に憧れを抱く、姉としての笑顔だったのかもしれない。


幸い取り付けは簡単で、即日配送してもらったその日に我が家に食洗機を設置出来た。

初めは一番機能が少ない物で良いなんて言ってたのに、調理器具と食器を洗っている食洗機を、日向は上機嫌に見つめていた。

「〜〜♪」

「日向、もう一〇分以上もそれ眺めてるよな。食器を洗う時間を節約するために買ったはずなのにその間食洗機を見守るって、本末転倒のような」

「機械が食器を洗ってくれるなんて初めてだから、何か嬉しくなっちゃって。これからずっとお世話になるんだろうな。ねえ、この子の名前は何にしよっか？」

「もう名前を付けるくらい愛着が湧いたのか……。まあでも、気に入ってくれて良かったよ。じゃあ、俺は先に風呂入るから」

食洗機を眺めている日向に苦笑して、着替えを用意するために自室に戻る。適当な下着とパジャマを手にして、ふと、見慣れない物が目に入った。

枕元に置いた、ふわしばのぬいぐるみ。やっぱり男子高校生の部屋にしては可愛すぎて、そのぬいぐるみだけ浮いていた。

「まさか、また女の子にふわしばをあげることになるなんてなぁ」

まあ、相手は小学生の女の子だったけど。

今でも覚えてる。無口で、臆病で、ずっと俯《うつむ》いてた女の子。

そんな女の子が放っておけなくて、絶対に仲良くなりたいって思った。その娘がおどおどしてても傍《そば》にいて、友達になれるよう喋りかけた。

その娘が好きなふわしばをプレゼントした時なんて、大喜びしてくれたっけ。

その時初めて見た笑顔が、驚くくらい可愛かったのも覚えてる。

……本当に、懐かしくて良い思い出だ。もう一度だけ会いたいな。

けど、まさか今日。人生で二度目のふわしばをプレゼントすることになるなんて。

「……そういえば、日向にプレゼントなんて、初めてだ」

今までは、勇気がなくてそんなこと無理だったのに。

家族になった途端あっさり出来るなんて、不思議な話だ。

四章　みゃあ／幼馴染の気持ち／甘え上手の月乃さん

日向《ひなた》と同居を始めてから、しばらく経《た》ったある日のこと。

最近は学校終わりに日向が食材を買って俺が荷物持ちをすることが多かったけど、今日は俺一人だ。日向は友達が多くよく頼み事や相談の相手になるため、基本放課後は真《ま》っ直《す》ぐ家に帰ることの方が少ない。向日葵《ひまわり》の女神は忙しいらしい。

俺は俺で友達や槍原《やりはら》に遊びに誘われることもあるけど、今日はそういうのも特になく、日向に頼まれていた調味料や月乃《つきの》のための食材を買っていた。

買い物を終えて帰途につくと、ふと、近場の公園に見知った少女がいて足を止めた。

ベンチに座り、こくりこくり、とうたた寝をする月乃だった……そう気づいた途端、ほんの一瞬だけ緊張する自分がいた。

何しろ、月乃に告白されたあの日から、まだ二週間しか経ってないんだから。

……い、いや、だからって今までの関係が崩れるわけでもないけど。やっぱり、意識してしまうのは否めない。

「おーい、月乃」

「……悠人《ゆうと》？　もしかして、わたし寝てた？」

月乃の肩を揺らすと、彼女は寝ぼけたようにふわぁと欠伸《あくび》をして、

「ありがと。昨日、ちょっと勉強で夜更かししちゃって」

「それはいいけど、こんな季節に外で寝てたら風邪ひくぞ。家はすぐそこなんだし、寝るなら自分の部屋で寝ればいいのに」

「そうなんだけど……どうしよう、動けない」

動けないって、まさか怪我《けが》でもしたのか？

そう心配になった時、月乃の膝の上に何かがいることに気づいた。

首輪が付いた大人の三毛猫——ミア、だった。月乃の膝の上で、気持ち良さそうにすやすやと昼寝をしている。

「動けない理由って、もしかして……」

「ミアと遊んでたら、わたしの上で寝ちゃった。どうすればいい？」

そんな切実に困ったような目で俺を見られても。

でも、どかしたらどうだ、とはちょっと言いづらい。……仕方ないか。

ミアが寝てる間《あいだ》月乃の話し相手になるために、隣に腰を下ろした。

「それにしても、ミアを見たの久しぶりだな。月乃は今でも遊んでるのか？」

ミアは俺たちが小学生の時に出会った猫で、この公園の近所に暮らしている老夫婦の飼い猫だ。

「うん。学校から帰る度に、今日はいるかな、って公園を覗《のぞ》いてるよ？　それに、たまに清水《しみず》さんのお家《うち》に行ってミアに餌をあげたりするかな」

「猫が好きなの、昔から変わらないな。そういえば小学生の頃とか、ミアに会いたいから、ってこの公園までよく月乃に付き合わされたっけ」

「わたしたちのマンションって、ペット禁止だから。……でも、悠人ってたまに文句とか言ってたけど、絶対にわたしのお願いを断らなかったよね」

「だって、月乃ってミアを捜しに遠くまで行っても不思議じゃなかったし。考えてみれば、その頃から俺の月乃のお世話係人生って始まってたんだな……」

もっとも、そんなマイペースな性格は好きだけど。

「けど、それくらい猫が好きだからミアに懐かれてるんだろうな。俺なんて、猫が膝の上に乗ってきた経験すらないぞ。ちょっとだけ月乃が羨ましいよ」

「悠人、猫と遊んでみたい？　……じゃあ、わたしが猫、やってあげよっか？」

「ん？」

猫をやる、って何？

俺がきょとんとしていると、月乃は猫の手のようにぐーを作り、いつもの無表情のまま一声だけ鳴いた。

「みゃあ」

「…………」

さて、困ったぞ。

つっこむべきか、それとも笑うべきか。俺が困惑しててもなお、月乃は「にゃう、みー」と猫の鳴き声をあげている。その瞳は、まるで何かを求めているよう。

試しに、いつも月乃がミアにしていたように、喉元を指でくすぐってみた。

「みゃー……」

まるで本物の猫のように、くー、と気持ち良さそうに目を細めた。警戒心など欠片《かけら》もないような、蕩《とろ》けたような表情。

うわ、可愛《かわい》い。

「じゃなくてだな！　いきなり何してるんだよ」

「悠人がわたしのこと、羨ましいって言うから。ちょっとは満足するかなって」

「って言われても、やっぱ月乃は月乃だしなぁ。猫と遊んでる感じじゃないっていうか」

と、再び月乃が猫のような手をすると、マッサージするように俺の膝を押し始めた。

「……何してるんだ？」

「猫の真似《まね》。猫って心を許してる人に甘える時、こうやって前足でふにふにするんだよ？」

いや猫の形態模写すごいな。

プロでもないのにここまで細かく猫になりきれるのは月乃くらいでは。このジャンルにプロがいるかどうか知らないけど。

月乃が俺の膝を押していたからか、それまで寝ていたミアが目を覚ますと、ぐーっと身体《からだ》を伸ばす。一声だけ「みゃあ」と鳴くと、月乃の膝から降りてとてとてと歩き出した。

「ミア、行っちゃった……。また会えるといいね」

「まあ、月乃ならミアの方から寄ってくるだろ。それより、そろそろ行かないか？　月乃の家で夕食の準備するから」

「今日のご飯は？」

「きのこ鍋。この間きのこ料理を食べたら美味《おい》しかったからさ、月乃にも食べさせてあげたくて」

「やった、楽しみ」

言葉の割に表情はやっぱり無感情で、そのアンバランスさが何だか面白かった。


料理を始めようとキッチンに立った時、何気なく月乃に質問した。

「そういえば最近はずっと俺が夕食作ってるけど、月乃は今でも料理の勉強してるのか？」

「してるよ？　この間は、ちょっといい挽肉《ひきにく》を使ってパスタを作った。それに、トマト缶だっていつもより一つ多く増やしてみたり、色々試してる」

「それ全部ミートソースパスなのでは……。他にはないのか？」

「今はお休み中かな。悠人にお願いすれば、好きな料理を作ってくれるから」

そうなのか……料理が上手になりたいって気持ちは応援してただけに、少し残念だ。

でも、だからといって月乃の頼みを断る権利は俺にはない。

もう一度告白をされるその日まで、月乃のお願いは絶対に拒否しない。それが、俺と月乃の約束だから。

——ずっと前から、あなたが好きでした。

「どうしたの？　包丁持ったままぼーっとしてたら、危ないよ？」

「えっ⁉　あ、ああ。そうだな、悪い」

どうしても、あの時の告白が忘れられない。

いつも一緒にいた相手から好きだって言われることが、こんなに動揺してしまうものだなんて。もしかして、俺に好きだって言われた時の日向もこんな気持ちだったのかな。

そこまで考えて、ふと、今まで疑問だったことを思い出す。

月乃は日向のこと、どう思ってるんだろう。

俺は調理を進めながら、自然さを装って月乃に尋ねる。

「そういえばきのこ鍋にしようって思ったきっかけだけどさ、元々は日向が作ってくれたきのこ料理が美味しかったから、なんだよな」

「悠人って、最近日向さんにご飯作ってもらってるんだっけ？　日向さんって料理上手だもんね。わたしっていつも購買のパンを食べてるんだけど、栄養偏っちゃうよ、って日向さんにお弁当分けてもらったことあるんだ。あの時のご飯、美味しかったな」

そう日向のことを語る月乃は、割といつも通りに見えた。

これなら、日向のことを尋ねても平気かもしれない。

「嫌だったら答えなくていいんだけどさ、月乃って日向のことどう思ってるんだ？」

「……わたしが日向さんのこと嫌いになってるかも、って心配してるの？　わたしは悠人に告白したのに、悠人って日向さんの初恋がまだ忘れられてないもんね」

　まさに、月乃の言う通りだった。

　月乃はほんの少しだけ、口元に笑みを浮かべると、

「日向さんのことは好きだよ？　真面目で頑張り屋で、あんなに生徒会長に相応《ふさわ》しい人いないって本当に思ってる。だけどやっぱり、羨ましいなー、って気持ちもあるかな」

「そうなのか？」

「だって、日向さんって悠人の初恋の人だから。悠人が日向さんを好きになるのも分かるよ？　あんなにお嫁さん力が高い女の子、男子高校生ならみんな好きだもんね」

「そう一括《くく》りにされるのも色々問題ありそうだけど……まあ、そうかもな」

「だから、日向さんみたいになりたい、って思ってる頃もあった。……だけど、もういいの。悠人にとって日向さんが特別であるように、わたしも悠人にとって特別だから」

　そっと、月乃が俺の傍《そば》に歩み寄った。

「だって、悠人はわたしのお願いならどんなことも叶《かな》えるって約束してくれたから。好きな人にたくさん甘えていいなんて、世界一の幸せ者だなって真剣に思ってるよ？」

「……そ、そっか」

　月乃って、こんな真っ直ぐな目で好きだって言えるんだ。

　思わず、顔が赤くなるのが自分でも分かった。

「悠人、照れてる。わたしの前でこんな風になるの、初めてだね」

「そう、かな。……確かに、俺たち幼馴染《おさななじみ》だったからな」

「小さな頃から一緒にいたせいで、わたしのこと女の子だって思ってなかったもんね」

そこまでは言わないけど、月乃を異性として意識したことが少ないのは事実だ。お隣さんってこともあって、月乃は家族みたいな存在だって思ってたし。

「だから、悠人がわたしの言葉や仕草で恥ずかしがってくれるのが、くすぐったいくらい嬉《うれ》しい。今まで好きだったのに、ずっと悠人とは幼馴染の関係でしかなかったから」

「……な、なんかさ。月乃ってあの告白以来、やけにはっきりそういうこと言うようになったよな。ちょっと、緊張しちゃうんだけど」

「だって、わたしが好きって言う度に、悠人はどきどきしてくれるんだもん」

「そんなの、するに決まってるだろ。まさか、月乃がこんなに恋愛に積極的なタイプだって思わなかったし」

「今まで悠人が好きって気持ちを我慢してたから、かな。今まで言えなかった分たくさん好きって言うから、覚悟してね？」

これがミステリアスな月の天使の言葉だなんて、生徒会のみんなが知ったらまず驚愕《きょうがく》するだろうな。槍原なら、天使がデレた、とか言い出すかもしれない。

けど、驚いているのは俺も同じだ。

月乃とは、ずっと今までみたいな関係が続くって思ってた。けど、まさかこんな風に甘えられる日が来るなんて。

今の月乃は幼馴染ではなく、一人の恋する少女で——ならばきっと、俺も相応の気持ちで月乃に接しなければいけないのだと思う。

幼馴染としてではなく、一人の男として。

俺は月乃のことを……どう、思っているのだろう。

「っ」

思考にはまりかけたその時、指先に痛みが走り我に返る。

やってしまった……。ぼーっとしてたせいで、包丁で指先を切ってしまった。幸い食材に血が付くことはなかったけど、出血が止まらない。

「あっ……だ、大丈夫？　血、流れてるよ？」

「平気平気。軽く切っただけだから。たまにあるんだよな、月乃も包丁を使う時はぼうっとしない方がいいぞ」

「そ、そんなことより血を止めなきゃ。ばい菌入っちゃうかもしれないし……！」

まるで自分の事のように月乃があわあわする。ああ、そっか。月乃って小さな頃調理で怪我したことあるから、こういう状況が苦手なのか。

「さっきまで俺の反応で楽しんでたのに、こんなに慌ててるなんてな。はは」

「わ、笑ってる場合じゃないよ？　ほら、血が……！」

確かに、滴りそうなくらい出血している。とりあえず血を流そうと蛇口に手をかけようとした、その直前。怪我をした手を、月乃が取った。

きっと、血を止めなきゃ、ってことで頭がいっぱいだったんだろう。

月乃は、怪我をした俺の指を、自分の口の中へと入れた。

「んっ――！」

「……っ、月乃？」

月乃が俺の指をくわえるその光景に、頭が真っ白になりかけた。

指に伝わる月乃のくちびるの柔らかさと、傷を舐《な》める舌の感触。甘い痺《しび》れがゆっくりと全身に広がって、くらくらと目眩《めまい》で倒れてしまいそう。

やがて、月乃はゆっくりと俺の指から口を離す。

「……変な味がする」

「…………。うん、だろうな。俺の血を舐めたわけだしな。それとさ、血を流すだけなら水を使えば良かったんじゃないか？　ここキッチンだし」

「……あっ、そっか」

やっぱり今の無意識だったのな……。

「でも、ちょっとどきどきした、悠人の指舐めるの、初めてだったから」

「だろうな。俺もそんなことされたことないし」

「良かった。じゃあ、お互い初めて同士だね」

くすっ、と月乃が笑みを零《こぼ》し、不覚にも息を呑《の》んだ。

やっぱり、月乃に告白をされたあの日から、何だかおかしい。いつもなら、月乃の笑顔で動揺なんてしないはずなのに。

どうしてか、やけに胸がどきどきしていた。

「はい、完成。後は具材を煮るだけだから、月乃一人でも大丈夫だよな？」

鍋自体は簡単な料理だから、準備はあっという間に終わった。

時計を見ればまだ五時三〇分。多分、まだ日向が夕飯を作ってる時間だろうけど……。

「もう出来ちゃったんだ。残念、もうちょっといて欲しかったのに」

「いや、俺は構わないけど。夕食までまだ余裕はあるし」

「ほんとに？　じゃあ、何をしよっかな」

月乃と二人の時にすることなら、大体決まってる。ゲームで遊んだり、あるいはテレビを眺めながら学校のことを話すのがいつもの流れだ。

「えっと、じゃあね……膝枕をして欲しい、かな」

新しいパターンだ、これ。

「膝枕、か……」

「だめ？」

「い、いや、駄目ってわけじゃないけど。でも膝枕なんてしたことないし、俺の身体の感触なんて硬いぞ？　正直、がっかりされそうで恥ずかしいっていうか」

「わたしは、むしろそっちの方が良《い》い。悠人のぬくもりを感じていたいから」

またそういう恥ずかしい言葉を真っ直ぐな目で言うんだから……。

「ねっ、お願い」

「……分かった。ただし、感触が悪い、って文句は受け付けないからな」

月乃のお願いは出来るだけ叶えるのが、俺なりのケジメだ。じゃないと、勇気を振り絞って告白してくれた月乃に向ける顔がない。

俺がソファに座ると、ぽふん、と月乃が俺の膝を枕にして寝転がる。月乃の頭は小さくて、それこそ天使の羽みたいに軽い。

「こんな光景、初めて。見上げたら悠人がいるって不思議な気持ち」

「気分はどうだ？」

「すごく落ち着く。悠人の匂いがするから、かな」

いつもの幼馴染の関係なら、なんだよそれ、と笑い飛ばせたかもしれない。

けど今は、そんな言葉にちょっとだけ緊張してしまう自分がいた。

気恥ずかしさを隠すように、明後日《あさって》の方向を見ながら、口にした。

「こうしてると、月乃って本当に猫みたいだよな」

「そんなに褒めても何も出ないよ？」

「猫に似てる、って褒め言葉なのかな……」

「猫、好きだから。生まれ変わったら猫になりたい。それも野良猫じゃなくて、飼い猫。毎日ご主人様の手からご飯を食べて気ままに生きるの」

「何か、今とそんなに変わらないな」

「じゃあ、わたしのご主人様は悠人ってこと？」

「……いや、やっぱ俺はお世話係だろ。猫を飼ってる人って、好きで自分から奉仕してるみたいだし。あんなに過保護に世話するんだから、むしろ飼い猫の方が自分のことご主人様って思ってるかもな」

「でも、多分猫だって感謝してると思うよ？　わたしだって、悠人がいてくれて良かったって思ってるもん。いつもありがと、悠人」

「まあ、幼馴染だからな」

月乃がリラックスしたような表情で、ごろんと寝返りを打った。

「悠人って、いつもわたしの傍にいてくれたもんね。……覚えてる？　わたしがミアと出会って、悠人と一緒にこの家を飛び出した時のこと」

「……覚えてるよ。あの時は、本当に大変だったから」

近所の公園で、月乃の膝の上で寝ていた三毛猫のミア。

初めミアは捨て猫で、それを見つけて拾ったのが小学生の頃の月乃だった。

一度人間に飼われた猫は、決して野良では生きられない。その時のミアも酷《ひど》い状態だった。

月乃はがりがりに痩せていたミアを連れて、大慌てで両親に助けを求めて。動物病院に駆け込んで、ミアは何とか一命を取り留めた。

そして月乃はミアの飼い主になってめでたしめでたし……となれば良かったんだけど、話はそう上手《うま》くいかない。

ペット不可であるこのマンションでは、ミアを飼うことは出来なかった。ミアと離れ離れになるのは、初めから決まっていた。

それはもう、月乃は大泣きした。

その頃からいつも無表情だった月乃が泣きながら、絶対に飼うと言って聞かなかった。

そんな娘の気持ちを知りながらもルールを破ることは出来ず、両親はミアのために里親を探し続けた。

月乃がミアを連れて家出したのは、そんなある日のことだった。

「びっくりしたよ。ミアをランドセルに入れて、ミアと暮らせる場所を探そう、って言い出したんだから。俺に声をかけたのって、やっぱり心細かったから？」

「……だって、その時はもう家に帰らないつもりだったから。一人じゃ寂しいって思った時、一番初めに思い浮かんだのが悠人の顔だった」

でも、月乃の家出はそう長くは続かなかった。

日が暮れて、食料もわずかなお小遣いもなくなって。まだ小学生だった俺たちとミアは公園のドーム型の遊具の中で夜を過ごそうとしていて、月乃が涙を流しながら口を開いたのは、そんな時だった。

——帰りたい。お父さんとお母さんと、お姉ちゃんに会いたい。

その言葉で、俺と月乃のささやかな逃亡生活は幕を閉じた。

「月乃は大泣きで家に帰るし、それに娘が帰って来て月乃のお父さんも号泣するし。間違いなくあれが一番の大騒動だったな」

「あの時は、悠人に迷惑かけちゃったね。……でも、今だから分かるけど、あの時の悠人って本気でわたしと家出しようって思ってなかったよね」

月乃は口元を緩めながら、透明に澄んだ瞳で俺を見上げる。

「悠人は、わたしのこと見守っててくれたんだよね。わたしが帰りたいって言ったら、いつでもこの家に帰って来れるように」

「……月乃にもしものことなんて、絶対にあったらいけないしな」

家出が上手くいくって思えるほど、俺は子どもじゃなかったのだと思う。

一緒に家出をしたのも、ただ月乃が心配だったからだ。もし食べる物が無くなったら。もし誰かに連れて行かれそうになったら。ポケットに防犯ブザーを忍ばせて、子どもながらに月乃を守ろうとしてた。

だって、それが月乃のしたいことなら、精一杯叶えてあげたかったから。

だから、どんなことがあっても大丈夫なように、どこまでも月乃と一緒にいようって決めた。

……まあ、月乃の家出を止めなかったって理由で親父《おやじ》にはこっぴどく怒られたけど。

「今では笑って話せることだよな。ミアとだって会いたい時に会えるんだし」

月乃が家に帰った後、俺と親父も里親探しに協力して、何とかご近所で猫を飼っても良いというお年寄りの夫婦を見つけた。それが、現在のミアの飼い主の清水さんだ。

あの頃の月乃は、毎日のように清水さんの家に行ってミアと遊んでたっけ。

「昔から、悠人はわたしのこと守ってくれた。だから、ね。わたしも、悠人のしたいことなら全部叶えてあげるから。何でも言っていいよ？」

「月乃にして欲しいこと……？　言われてみれば、月乃のために俺からすることは多かったけど、その逆はあんまり考えたことないな」

けど、月乃ならきっと、俺がへこんでいたら慰めようとしてくれるだろう。

事実、日向が姉だと知ったあの日。俺がベランダでうなだれていたら、頭を撫《な》でて励まそうとしてくれたのだから。

「ねえ、悠人……わたしは悠人のこと、大好きだよ……？」

ぽつり、と。やけに小さな月乃の声音。

一途《いちず》だな、と素直に思う。

俺が日向に恋心を寄せてると知ってなお、月乃は俺の傍にいようとする。その想《おも》いは美しいと思うし、そんな月乃に迷いが生まれる自分がいた。気が付けば、一人の少女として月乃に心が惹《ひ》かれそうに――……。

……惹かれてしまったら、いけないのだろうか。

日向は、俺の姉だというのに。俺の片思いはとっくに失恋に終わっているというのに。

「……月乃、俺は――」

けれど、その先の言葉は胸に詰まって出てこない。

多分、俺は月乃の想いにちゃんと向き合えていないのだと思う。

日向への初恋とか、幼馴染として今まで一緒にいた思い出とか。そういうものを切り離すことが出来なくて、未《いま》だに月乃の好きって言葉に戸惑ってしまう自分がいる。

いつか、俺はまた月乃の告白に答えなければならないのに。

さっきから、月乃は無言だ。多分、怒っているんだろうな。俺は月乃の大切な告白への答えを先延ばしにしてるんだから……いや、ちょっと待った。

さっきから寝息みたいなの聞こえない？

「えっと、月乃さん……？」

「…………」

見れば月乃は、それはもう気持ち良さそうにうたた寝をしていた。

……マジかー。俺、結構真面目なこと考えてたのになー。

そういえば、月乃って公園で会った時もうとうとしてたっけ。まあ、俺と月乃の仲だし、寝ちゃうこと自体は構わないけど。

でも、そうか。膝枕のまま寝落ちか……。

「……どうしよう、動けない」

ミアが膝の上で寝てしまって困ってた月乃の気持ちが、今ならすごく分かる。

穏やかな表情で眠る月乃をそのままにしてあげたいが、膝を少しでも動かせばきっと起きてしまう。けれどもう日向が料理を作り終えた頃だし、いやでも月乃を起こすのは仄《ほの》かな罪悪感みたいなものがあるし……。

……うん、決めた。あと三〇分だけ月乃専用の枕になろう。

「もしかして、俺って月乃に甘すぎるのか……？」

困惑したような気持ちで、すうすうと寝息を立てて眠る月乃を見下ろす。その寝顔はあどけなくて、確かに天使って言葉が似合ってるかもな、なんてちょっとだけ思った。

小さな頃は遊び疲れて、一緒に寝てしまうこともあったっけ。

「…………」

急に愛《いと》しさが込み上げてきて、起こさない程度に月乃の頭を撫でる。

こうして月乃の綺麗《きれい》な流れるような髪に触れていると、無性に胸が高鳴って緊張してしまう自分がいた。もし今、月乃が目覚めてしまったら恥ずかしくて跳びあがってしまうだろうな。

今までは、月乃にそんな感情が芽生えたことなかったのに。

「……一〇年以上も一緒にいたのにな。まさか、こんな関係になるなんて」

月乃の頭を撫でたのは幼馴染としてだったのか、それとも一人の異性としてだったのか。自分でも分からない。

結局、それから月乃が起きたのは三〇分後で。

六時過ぎに帰宅すると、日向がむっとした表情で俺のことを待ち構えていた。

「もし遅くなるなら、六時までに連絡するっていうのが、私たちのルールだったはずだよね。……もちろん、どうして連絡なかったか、説明してくれるよね？」

人間って本当の恐怖に直面すると身体が動かないって、真実だったんだな。

それくらい、エプロン姿で仁王立ちする日向は、怖かった。

日向って、怒ることあるんだ。こんな日向初めて見たかもしれない……。

「え、えっと、悪い。月乃の部屋で夕飯作ってたら、ちょっと予想外のトラブルがあったっていうか。そのせいで連絡出来なくて……」

「……もしかしてご飯いらないのかな、って心配したんだよ？　せっかく作ったのに、悠人君に食べてもらえないなんて残念だもん」

「本当にごめん。ちゃんと食べるからさ、許してくれるか……？」

「……こっち来て」

つんとした表情のまま、日向はダイニングキッチンへと姿を消す。俺このまま処刑とかされるのだろうか、と真剣に考えてしまう。

恐る恐る日向の許《もと》へ行くと、日向はテーブルに今日の夕飯を並べていた。海老《えび》や茄子《なす》の天ぷらを中心とした、和風のメニュー。

びくびくしながらテーブルに着くと、その隣の椅子に日向が腰を下ろした。

そして箸で天ぷらを摑《つか》み、まるで食べさせるように俺の口元まで運んだ。

「今から罰を執行します。悠人君は責任を持って、今日のご飯を完食すること。……だから、口を開けて？」

「……えっ？」

目の前に差し出された料理に、思わずぽかんとしてしまう。

口を開けて、って。それってつまり――。

「い、いやいやっ！　もちろん食べるけど、どうして日向が俺に料理を……？」

「だって、ちょっとは悠人君が恥ずかしい思いをしてくれないと、気が済まないっていうか。無断で夕飯に遅れるって、それくらい重罪なんだよ？」

「……本気、ですか？」

「本気、だよ？」

何かを期待するような目で、俺に天ぷらを差し出す日向。

……大丈夫、慌てることなんて何もない。だって俺たち姉と弟だし。こんなの家族でちょっとふざけてるだけだし。

そう必死に自分に言い聞かせること、数秒。

やがて意を決して、ぱくり、と日向の差し出す天ぷらを口にした。

「どうかな？」

「……気の利いたコメントが全然思いつかないけど、とにかく美味しい」

くす、と日向が笑みを零した。

「そっか、良かった。じゃあこれ全部食べるまでやるからね。今度はこの鶏の天ぷらにしよっかな。はい、あーん♪」

「……あ、あーん」

やけににこにこと満面の笑みを浮かべる日向にされるがまま、俺は餌付けをされる雛《ひな》のように料理を食べる。

……さっき日向には、とにかく美味しい、なんて言ったけど。

本当は緊張であんまり味がしなかったのは、秘密だ。

五章　日向の異変／家族なんだから／今度の日曜日

日向《ひなた》と同居を始めてから一ヵ月くらいが経《た》った、学校の昼休み。生徒会室で弁当を食べている時のことだ。

その日、食事をしている生徒会のみんなが、やけにそわそわとしていた。

その理由は一つ。驚くことに、今日は日向が生徒会室を訪れているのだ。

基本的に、日向は毎日のように友達から昼食に誘われるため、生徒会室に来る余裕がない。たまにここに食事に来た日なんて、生徒会みんなが大喜びで日向と食事を共にするくらいだ。

けれどその日、日向はろくに食事も取らず、一心不乱で書類にペンを走らせていた。

「日向会長、やけに忙しそうですね～。もしかして、午後の小テストのために慌てて勉強してるとかですかね」

そう口にして、槍原《やりはら》が手にしたサンドイッチをぱくりと頬張った。

大体の場合、俺は月乃《つきの》か槍原と食事をしているが、今日の月乃は他の友達と別の場所で食べているらしい。

「それ、多分違うぞ。日向がしてるの、聖夜祭の準備だ」

「……聖夜祭？」

「まあ、俺たちの高校の文化祭みたいなものかな。毎年クリスマスに行われるんだけど、生徒会が主導で運営するのが決まりなんだ」

「あっ、そういえばそんな名前でしたね！　聖夜祭かぁ、楽しみですねー」

そこで、槍原ははたと気づいた風に、

「って、まだ一一月になったばっかりですよ？　あと一ヵ月以上ありますけど……」

「それくらい、聖夜祭って規模が大きいからな」

「ふーん。でも、我らが向日葵《ひまわり》の女神ですもん。絶対に上手《うま》くいきますよね？」

「……だといいけどな」

聖夜祭はこの学校最大のイベントだ。生徒会長に大きな責任が圧《お》し掛かるのは、去年の聖夜祭で嫌になるほど目にしてる。日向、倒れないといいけど……。

「でも、日向会長も大変ですね。せっかくの休憩時間なのに、弁当を食べる余裕もないみたいですし。…………？」

槍原が日向の弁当箱をしげしげと見つめる。日向は作業しながら食べようとしているのか、弁当のフタは開いていた。

「あの、ウチの気のせいかもですけど……日向会長と悠人《ゆうと》パイセンのお弁当、中身がそっくり過ぎません？」

……しまった。

俺が箸を止めたのは一瞬、やがて怒濤《どとう》の勢いで弁当を食べ始める！

「ちょ！　パイセン、何で急に猛スピードで弁当食べてるんですか！　それ証拠隠滅しようとしてますよね、とりまストップ！」

「もがっ……！　分かったから俺の口にサンドイッチ詰め込むな！」

弁当食べさせたくないからって自分の昼食を俺の口に突っ込むか、普通。

「言いづらいから黙ってたんだけど、日向には弁当を作ってもらってるんだよ。俺は一人暮らしだし、日向は毎日自分の作ってるからそのついでだからって」

俺の話が聞こえたのか、生徒会室にいたほとんどの生徒が固まった。日向だけ書類に無心になっているらしく、ペンを走らせている。

「え～～～っ！　パイセン、凄《すご》いですね！　日向会長のお弁当をお腹《なか》いっぱい食べれるなんて家族の特権じゃないですか！　いいなぁ、羨ましい」

ちらり、と横目で辺りを見る。うん、予想通り。

生徒会の男子のみならず、女子までもが獲物を狙うような目でこちらを見ていた。こんな光景見たことあるなって思ったけど、あれだ。サバンナのハイエナにそっくりだ。

あえて周りに聞こえるように、さり気なく口にする。

「まあ、誰かとおかずの交換をするつもりはないけどな。この弁当を作ってくれたのは日向なんだ、欲しかったら日向の許可をもらってからにしてくれ」

その言葉に、席を立とうとした数人の生徒がその場に座り直した。おい、どうしてそんな親の仇《かたき》を見るような目でこっちを見る。

けど、こればっかりは譲れない。日向は俺のために朝早くから作ってくれたのだ。それを本人の許可もなく差し出すなんて、日向に悪すぎる。

俺が周りを見ていると、槍原がちょんちょんと俺の肩をつつく。

「仕方ないな〜。じゃあ、その卵焼きで許してあげます」

「なんでそうなるかな。だから、おかずの交換はしないってば。そもそも槍原からは何ももらってないし。無償トレードだろ、それ」

「タダじゃないですよ〜。だってパイセン、ウチのご飯食べたじゃないですか」

俺が食ったって……おい、嘘《うそ》だろ。

まさか、さっき俺の口に突っ込んだあのサンドイッチのこと言ってるのか……⁉

「あれ、最後の一個だったんですよ？　あーあ、パイセンのせいでお腹がぺこぺこだな〜。でも日向会長のおかずがあったら頑張れる気がするな〜」

「……拒否する」

「えー。パイセンのケチー、パイセンの血は何色だー」

「誰ともトレードしないって言った手前、曲げるつもりはないからな。けど俺が槍原の昼飯食べたのは事実だし、今すぐ購買で何か買ってきてやるよ」

「えっ、ホントですか？　やった、パイセンって優しいから大好きっ♪」

「こういう時だけ調子良《い》いな……。けどもう遅い時間だからな、コッペパンしか残ってなくても文句言うなよ」

投げキッスの仕草をする槍原に見送られながら、生徒会室を出る。

その時日向を一度だけ見たけど、彼女はまるで一人ぼっちでいるように、無心で書類を見つめていた。

……それから数日が経っても、日向は聖夜祭の準備で忙《せわ》しなさそうだった。

昼休憩に生徒会室で書類の見直しをするのはいつもの光景になっていたし、帰宅して家事が終わった後も部屋に籠っていた。多分、聖夜祭関連だと思う。

俺も書記だし手伝おうかと声をかけても、日向が頑《かたく》なに断るばかりだ。曰《いわ》く、正式に生徒会で進めてるわけじゃないから、他の人を巻き込みたくないらしい。これは私が勝手にやってることだから、と。

そして、今日。日向は校門が閉まる直前まで作業をしていたようで、俺が月乃の料理を作り終えた後に大慌てで帰宅をした。

こんなこと、初めてだった。

「ご、ごめんね。明日は生徒集会があるから、どうしても今日中に終わらせたくて。急いでご飯作るから、もうちょっとだけ待っててて?」

「謝らなくてもいいって。っていうか、今日の夕飯くらい俺が作るよ」

「……気持ちは嬉《うれ》しいけど、それでも私にやらせて。悠人君のご飯作るの、私にとっては息抜きみたいなものだから。このために今日一日頑張ったみたいなものだもん」

「そんな大げさな」

「ほんとだってば。美味《おい》しいって言ってくれる人がいるだけで、疲れとか悩みとか全部何処《どこ》か行っちゃうんだよ？　それが家族なら尚更《なおさら》だよ」

エプロンを付けキッチンに立とうとする日向を、俺が制止しようとした時だ。

立ち眩《くら》みでも起こしたように、日向がその場でよろめいた。

ちょっと待て、今のって……。

「あっ……あはは。危なかった。ちょっと疲れてるのかな。でも料理くらいなら——」

日向が言葉にするよりも早く、俺は彼女の前に立ち塞がる。

戸惑う日向に構わず、俺は何も言わないまま、彼女の額に手を当てた。

「ふえっ⁉　ゆゆ、悠人君……⁉」

「やっぱり熱がある」

自分の額に手を当ててみても、明らかに日向の方が熱い。

いつもと変わらないから気づかなかったけど、こんなに調子が悪かったたなんて。

日向に体温計で測ってもらうと、画面には37・4℃と出た。

「完全に風邪の罹《かか》り始めだな。今日は料理は無し。とりあえず一晩ぐっすり休んで、経過を見てみよう」

「だ、大丈夫だよ。こんなのただの微熱だもん、夕飯を作るくらい平気だって」

「どうしても料理はしたい、と。……なるほどな」

俺はそう口にすると、一切の迷いなく、日向の身体《からだ》を抱きかかえた。

「〜〜っ⁉　ゆ、悠人君、いきなり何を……っ⁉」

「日向が休まないって言うなら、無理やりベッドまで連れてく。けど、日向だって俺に部屋の中見られたくないだろ？　このまま俺に運ばれるか、それとも自分の足で行くか。好きな方選んでいいぞ」

「も、もうっ！　分かったたってば、悠人君の言う通りにするから！」

待っていたその言葉に、ほっと胸を撫《な》でおろす。

日向を降ろすと、彼女は頬を朱に染めながら照れ隠しのように髪を直した。

……あれ。日向の風邪が心配で必死だったけど、もしかして結構恥ずかしいことをしてしまったんじゃ……。

「ゆ、夕飯なら後で俺がもってくから。だから、日向は休んでてくれ」

「……うん、分かった。ごめんね」

「謝らなくて良いって。一つ屋根の下で暮らしてるんだし、お互い様だろ」

日向は小さく頷《うなず》くと、自分の部屋へと去って行った。

日向の風邪、明日には良くなるといいけど……。

翌日、日向が起きていないことに気づいた俺は、日向の部屋をノックした。

「日向、大丈夫か？　やっぱり体調が悪いのか？」

「……待ってて。今、行くから」

扉が開き、俺は目を丸くした。

体温を測るまでもない、明らかに体調は悪化していた。表情はぼーっとしてるし、額には汗の玉が浮かんでいる。

それなのに、日向はまるで何でもないように、学生服に着替えていた。

「朝ご飯、遅くなっちゃったね。ごめん、簡単な料理でもいいかな……？」

「そんなのいいって。待ってろ、タクシー呼ぶから。すぐに病院に行こう」

「……うん、そうだね。ただの風邪なら、ちょっと頑張れば学校に行けるもんね」

「えっ――まさか、こんな状態なのに学校に行くつもりなのか？」

「……？　だって、今日は生徒集会でしょ？　生徒会長の私がいないなんて、他のみんなに迷惑をかけちゃうもん」

その日向の弱々しい笑顔に、俺は言葉を失っていた。

本気だ――日向は真剣に、自分より生徒集会の方が優先だと考えている。

「気持ちは分かるけど、無理は絶対に駄目だ。もしただの風邪でも、医者が止めるようなら学校は休んだ方が良い」

「でも……」

日向が歩き出すがたった一歩でよろけ、慌てて俺は身体を支える。

「ほら、まともに歩くことも出来ないじゃないか。生徒集会なら副会長の月乃に任せて、今日は寝てた方が良いって」

「…………」

もう、日向から反論はなかった。苦しそうに瞼《まぶた》を閉じるだけだ。

その後、日向に付き添って病院で診察してもらうと、幸いにもただの風邪だったらしい。けれど症状は悪く、体温は39℃近くもあった。頭痛や咳《せき》が酷《ひど》く、医者からは自宅で安静にするよう言われたらしい。

家に帰った後、俺は濡《ぬ》れたタオルと飲み物を用意して、「日向、入るぞ」と一言口にしてから部屋に入る。

ベッドの上では、パジャマ姿の日向が息を荒くして横になっていた。

冷えたタオルで額の汗を拭くと、日向がぽつりと口にした。

「……気持ち、良い」

「そっか、良かった。飲み物も持ってきたけど、すぐに飲むか？」

こくり、と日向が頷き、ストローが付いたコップを差し出す。

余程熱で水分を失っていたのか、あっという間に飲み干した。

「……ごめんね、悠人君。本当にごめん」

苦し気に、それでも日向が言葉を紡ぐ。

「私のせいで、学校を休ませちゃったね……」

「俺がいなかったら、誰が日向の看病をするんだよ。日向の体調が急変したら大変だし、傍《そば》にいるのは当たり前のことだろ」

「でも――」

「一番辛《つら》いのは日向なんだから、他人の心配なんて今は忘れてくれ。あと、ご飯はどうする？　朝食も口にしてないだろ？」

「……今は、何も食べれないと思う」

「そっか、じゃあお腹が空いたらいつでも言ってくれ。喋《しゃべ》るのがつらいなら、スマホで呼び出してくれてもいいから。風邪、良くなるといいな」

そう言い残し、日向の部屋から出る。

担任の教師には、「日向の看病を出来る家族が俺しかいないから休ませて欲しい」と説明すると、あっさり認めてくれた。日向と俺が家族であることは連絡済みだし、真面目に生徒会をしている湊《みなと》ならサボりはしないだろう、とのことだ。優しい先生で良かった。

あと、保護者である日向の母親への連絡も先生がやってくれたみたいだ。

それから数時間後、スマホにメッセージが届く。相手は日向だ。

今ならちょっとは食べれるかも。

その文面を見た瞬間、気が付けば俺は雑炊を作っていた。そのスピードたるや、多分俺の料理生活の自己ベストを更新してたと思う。

「ごめんね、悠人君。いただきます」

「いや、俺が食べさせてあげるから、日向はそのままでいいよ」

「えっ？　でも……」

「無理は良くないって。日向、動くのも辛いだろ？」

「……うん。じゃあ、お願いしようかな」

スプーンを日向の口元まで運ぶと、ゆっくりと食べ始めた。

ほっとした。ご飯が食べられるくらいには良くなってるみたいだ。

「……おいしい」

「良かった。考えてみたら、俺の料理食べてもらうのこれが初めてだな。まさかこんな形になるなんて思ってもみなかったけど」

けれど、日向は夢現《ゆめうつつ》の中にいるように、もぐもぐと口を動かすのみ。

やっぱり、意識とか朦朧《もうろう》としてるのかな。それくらい高熱だったし。

実際、日向が食べられたのは半分くらいだった。

「うん、よく食べれたな。他に何かして欲しいこととかあるか？　俺に出来ることなら、何だってするけど」

「……じゃあ、一つだけお願い、いい？」

「どした、何でもいいぞ」

「身体、拭いて欲しい。汗でべたべたして、気持ち悪い」

身体を、拭く。

その一言に、ほんの一瞬だけ俺の頭はフリーズした。

「えっと、それは額とか腕とか、男の俺でも問題ない場所……？」

「……背中が良い。私だと、届かないから」

マジか。

俺が日向の身体を拭く。胸の中で呟《つぶや》いてみても、全くリアリティがなかった。恋人でもない俺が、そんなこと許されるのだろうか。

けれど、俺が動揺している間にも、日向はパジャマのボタンに手をかける。

「ま、待った！　日向はいいのか？　だって、俺は男子高校生なわけだし……！」

「……？」

けれど、日向はぼーっと不思議そうにするだけ。駄目だ、多分これ高熱のせいでまともに思考できてない。もしかしたら、汗を拭きたいってことしか考えられないのかも。

慌てる俺を気にも留めず、日向は一つ、また一つとボタンを外し……やがて。

白い肌を露《あら》わにして、日向は下着姿になった。

「……～～っ！」

「……お願い、悠人君」

日向が俺に背を向ける。上質な絹を思わせるような、綺麗《きれい》な日向の背中。

何を考えているんだ、俺は。

日向のためだろ。雑念なんて捨てろ、今はただ無心で日向の世話をしろ。

「じゃ、じゃあ、拭くからな？」

持って来ていた冷たいタオルを、そっと日向の背中に当てる。

日向の肌、柔らかいけどやっぱりすごく熱い。

そう思った途端、日向の口から甘い言葉が零《こぼ》れた。

「んっ――ありがと。冷たくて、気持ち良い」

「……そ、そっか」

日向に聞こえるんじゃないかってくらい、心臓の音がうるさい。

それでも必死で平静を装い、日向の手が届かないであろう場所を優しく拭いていく。その度に日向は「はあっ――」と、まるでリラックスするような吐息を零した。

俺にとって息が詰まるくらい長く感じるけれど、ほんの短い時間。

日向の背中を拭き終わり、やっと俺は一息をついた。

「これで、どうかな。出来れば、他の部分は自分でやって欲しいんだけど……」

「……うん、分かった」

多分、日向は胸の辺りを拭こうとしたのだと思う。

日向はブラジャーのホックに指をかけ、俺は弾《はじ》かれたように叫ぶ。

「ちょい待った！　それは流石《さすが》に俺が部屋を出た後にしてくれ！」

今の日向って、こんなに思考力が下がってるんだな……。とにかく、日向が身体を拭くなら部屋を出なきゃ。

っと、そうだ。その前に、昨夜日向が着てたパジャマを洗濯しないと。

床に投げ出してあった汗で濡れたパジャマを手に取り――それはもう、石のように固まった。

パジャマに隠れて、汗で濡れた下着が置いてあったからだ。

一緒に暮らしてもう一ヵ月以上経つけど、こんなにはっきり見たの初めてだ。

「え、えっと、パジャマを洗濯しようと思ったんだけど、下着も洗った方が良いか……？」

「……うん、お願い」

やっぱり、今の日向ならそう答えるよな……。何だか、今日はどぎまぎしてばっかりだ。

でも、俺がやらなきゃ。日向の傍にいるのは、俺しかいないんだから。

「ごめんね、悠人君。もう、私の看病はいいよ？　後は一人で出来るから」

「そんなの無理だ。今の日向を見て、放っておけるわけないだろ」

「でも、これ以上迷惑かけたくないから」

……迷惑、か。

「それに、悠人君まで風邪をひいちゃうよ？　私のせいで悠人君まで倒れたら……」

「俺は全然構わないけどな。だってその時は、日向が俺の世話をしてくれるだろ？」

日向が、夢見心地のような表情で俺を見つめた。

「きっと俺が風邪をひいたら日向は看病してくれるって思うし、俺はそんな日向にたくさん感謝をすると思う。だからさ、日向が風邪で倒れても迷惑だなんてちっとも思わないぞ。俺たち、家族なんだから」

日向に安心して欲しくて、俺は精一杯優しい笑顔を浮かべる。

果たして、どれだけ俺の言葉が届いたのだろう。

「……ありがと」

ぼーっとしたような日向の表情に、わずかに笑みが浮かんだ。


けれど、再び数時間後。日向の身体は汗でびっしょりと濡れていた。

どうやら熱はあまり引かないようで、日向はずっと高熱にうなされていたらしい。

「……悠人君。お願いがあるんだけど、いいかな」

「あ、ああ。全然良いけど。もしかして、また身体を拭いて欲しい、とか……？」

「……シャワー、浴びたい」

ぴしり、と。理性に罅《ひび》が入る音が、確かに聞こえた。

「汗の匂いが、どうしても気になっちゃって……。ダメ、かな？」

「……わ、分かった。何とか出来ないか、ちょっと考えてみる」

今の状態の日向が一人でシャワーを浴びれば、ぼーっとしたまま時間だけが経って湯冷めしてしまう可能性だってある。それは絶対にマズい。

せめて脱衣所まで付き添ってあげたいけど、男の俺がそれをするのは……。

「いや、その前に日向の洗濯物を取り込まないと」

日向のパジャマと下着は既に洗濯を終えていて、一秒でも早く乾くように今はマンションの共同乾燥機の中にある。そろそろ乾燥も終わった時間だろう。

「けど、日向のシャワー問題はどうしよう……」

うんうんと悩みながら一階の共用ランドリーに到着し、乾燥機の中にあったパジャマと下着をエコバッグの中に入れようとする。

そんな時だった。

「悠人？　どうしてここにいるの？」

「っ⁉　あ、ああ。なんだ、月乃か」

手にした洗濯物を隠して振り返れば、そこにいたのは制服姿の月乃だった。

この共用ランドリーは、階段を登ろうとすればわずかに見える位置にある。多分、帰宅しようとした月乃が偶然俺を見かけたんだろう。

「日向さんの看病をするから休む、って言ってたよね？　日向さん、もう大丈夫なの？生徒会のみんな心配してたよ？」

「……え、えっと、そういう訳じゃないんだけど——」

マズい。マズいマズいマズい……！

日向の洗濯物を取り込んでるなんて話せば、日向との同居がバレる。それも良くないが、それ以上にこの状況は最悪だ。

何しろ今、俺は日向のパジャマを背中に隠していて。しかも乾燥機の中にはまだ日向の下着が残っている。

こんなの月乃に見られたら、死ぬ。社会的に死ぬ。

「そ、それよりさ、ちょっと今は手が離せないから。また後でな?」

「そうなの? うん、分かった」

ほっとした。良かった、これで九死に一生を得た……。

「悠人、洗濯物を取り込んでるから手が離せないんだよね。だったら、わたしが手伝う。日向さんのことは、その後にゆっくり教えて?」

はい、またもや絶体絶命。

「い、いやいや、月乃にそんなことさせられないって! 家事は俺の担当だし! 月乃の手を借りるまでもないって!」

「わたしだって、悠人の手伝いくらいするよ? 洗濯物を運ぶくらい、わたしにだって出来る」

その言葉、今この状況じゃなかったら感涙ものなんだけどなあ。

でも、日向との同居がバレないためにも、そして幼馴染《おさななじみ》の関係に罅が入らないためにも何とかしないと。頭をフル回転させて——いや、待てよ。

むしろ、この状況は幸運なのでは。

「月乃、驚かずに聞いてくれるか」

「……? どうしたの?」

「とりあえず、まずはこれを見てくれ」

俺は真剣な表情のまま、可愛《かわい》らしい日向のパジャマを差し出した。

きょとん、とした表情でパジャマを見つめる月乃。うん、そりゃそんな顔するよな。

「……えっと、悠人ってこんな趣味あったっけ？」

「そうじゃない。実はこれ、日向のパジャマなんだ。日向の看病出来るの、俺しかいなかったからさ。日向の服、洗濯してたんだ」

「えっ、そうだったの？」

「それで、月乃にしか頼めないことがあるんだよ。日向が結構大変な状態でさ、熱は全然引かないし、身体を動かすだけでも大変みたいで。それでシャワーを浴びたいって言ってるんだけど、男の俺だけだと難しいから困ってたんだ。月乃、協力してくれないか？」

「わたしが……？　う、うん。分かった、やってみる」

緊張したような月乃の声。こんな状況初めてだから、戸惑ってるのかも。

「だったら、すぐに行かなきゃ。日向さんのお家《うち》って何処にあるの？　あんまり遠いと、日向さんを待たせちゃう」

「あー……それなら大丈夫。ここから徒歩三〇秒とかだから」

「…………？」

そして、俺は日向のために、誰にも話さなかった秘密を打ち明けた。

「日向って、月乃のお隣さんなんだ。……実は、俺たち同居してたんだ」

月乃が俺の部屋に来たのは、それから本当に三〇秒後のことだった。

ベッドで苦し気に呼吸をする日向を見て、月乃は固まっていた。

「日向さん、大丈夫……？」

「……月乃、ちゃん。どうして……？」

「俺が事情を話したんだ。日向のシャワーの付き添いなんて、俺だけじゃ無理だから」

「……そんな、月乃ちゃんに悪いよ」

「わたしは全然良いよ？　日向さんの身体の方が大事だもん」

日向の身体を、俺と月乃で互いに支え合いながら脱衣所まで連れて行く。

その後は月乃の出番だ。

「頼んだぞ、日向が倒れたりしないよう見ててくれるか」

「うん、分かった。任せて」

「……月乃、さん。生徒集会、ごめんね」

そうぽつりと口にした日向の言葉に、俺も月乃もぽかんとした。

日向は今、それどころじゃないのに。日向が月乃に生徒集会を任せたこと、そんなに気にしてたんだ。

「仕方ないよ、風邪をひいちゃったんだもん。今は一日でも早く学校に来れるように、治すことだけ考えた方が良いよ？」

「…………」

日向はこくりと頷き、脱衣所の扉が閉まった。

……しばらくして、月乃に付き添われるように新しいパジャマに着替えた日向が現れた。月乃に手伝ってもらったのか、ほのかなシャンプーの香りがする。

俺と月乃でベッドまで連れて行くと、日向は眠るように目を閉じた。汗を流せたのが余程心地よかったのか、その表情はさっきまでよりずっと穏やかだった。

日向の部屋を出ると、月乃が、

「日向さん、どうしても学校に行きたかったんだね。わたしがいいよって言っても、ずっと謝ってたよ？　生徒集会を休んじゃうなんて生徒会長失格だって」

「そんなこと言ってたのか……。そういえば、最初は無理にでも学校に行こうとしてたっけ。聖夜祭で大変だったのは分かるけど、いくらなんでも頑張り過ぎだ」

「それに、生徒集会を代理で進める時に活用して欲しいって、聖夜祭の資料をスマホで撮って送ってくれたんだよ？　日向さん、風邪で倒れてたはずなのに」

思わず言葉を失くしてしまう。熱にうな《な》されながら、そんなことまで。

「ねえ、悠人。わたしは今まで日向さんのこと、優しい生徒会長だって思ってた。でもね、今日の日向さんを見てると……ちょっとだけ、怖いって思っちゃうの」

月乃の気持ちはよく分かる。今日の日向の行動は、少しおかしい。

まるで、自分を犠牲にしてでも他人に尽くそうとしているような――。

「……なんて、大丈夫だよね。日向さん、風邪で冷静じゃなくなってるだけだよね？」

「あ、ああ。そうだよな、きっと。……そうだ、悪いけど今日は月乃の家で夕飯を作るの無しにしてもらってもいいか？　今の日向を一人にするのは怖いし」

「そんなの全然良いよ。もし良かったら、わたしも日向さんの看病しよっか？　シャワーの時みたいに、悠人だけなら困ることもあるかもしれないよ？」

「本当か？　悪い、俺だけじゃ手に負えない時もあったから助かるよ」

「どういたしまして。でも、その前に一つだけ良い？　……悠人って、日向さんと一緒に暮らしてること、わたしに隠してたんだ？」

ぞわっ、と悪寒が走った。

幼馴染だから分かる。いつもの無表情だけど、月乃さん、怒ってらっしゃる……！

「いや、これには深い事情があってだな……！」

「悠人、ずるい。日向さんがお姉さんだったとしても、一緒に暮らしてるなんてもやもやする。日向さんと悠人って、この間まで同級生だったんだよ？」

「……悪い。日向と同居してることなんて学校のみんなにバレたくなかったから、月乃にも秘密にしてたんだ」

「だったら、そう言ってくれればいいのに。悠人が内緒にして欲しいって言うなら、誰にも言わないよ。悠人が嫌なことなんて、わたしがすると思う？」

「……ほんと、そうだよな。月乃、悪かった」

「でも、これからも悠人は日向さんと一緒に暮らすんだよね。……ねえ、悠人。これからもっとお世話係として頑張ってもらうかもしれないけど、いいよね？」

「だって、片思いしてた女の子と一つ屋根の下で過ごすんだもん。それくらいのわがま
ま、いいでしょ？」
むすー、と拗《す》ねたように頬を膨らませる月乃。
やっぱり不機嫌になってるなあ……これぱっかりは仕方ないけど。

再び日向に呼ばれたのは、俺と月乃が夕食を食べ終わった頃のこと。

喉が渇いたから、飲み物持って来てくれると嬉しいな。そのメッセージを確認し、俺と
月乃は日向の部屋へと移動した。

熱と頭痛が治まってきたのか、日向の顔色は今朝に比べて良くなってるみたいだ。

日向は月乃がいることに目を丸くすると、

「つ、月乃ちゃん……？　もしかして、私のために残ってくれてたの？」

「悠人一人だと大変だと思って。日向さんのパジャマを洗濯とかしたよ？」

「そんな、お見舞いに来てくれただけでも十分だよ。月乃ちゃんにまで迷惑かけたくない
もん、無理して看病なんてしなくていいのに」

「……？　友達が体調を崩したら心配するなんて、普通のことだよ？　それに、日向さん
はいつも生徒会頑張ってくれてるから。こういう時くらい、日向さんの役に立ちたい」

「……月乃ちゃん」

「えっ⁉」

「だから、お手伝いならたくさんするよ？　日向さん、汗でパジャマが濡れちゃってるね。そのままだと身体が冷えちゃうかもしれないし、脱ごっか？」

「い、今ここで⁉　ちょ、ちょっと待って。悠人君がこっち見てるから……！」

「だ、大丈夫。俺ならあっちを向いてるから」

月乃が日向のパジャマのボタンを外すのを見て、慌てて背中を向ける。

月乃、張り切ってるなあ。それくらい、日向のために何かしてあげたいんだろうな。

「体調はどうだ？　少しはマシになってると良いんだけど」

「朝に比べたら、ちょっとは熱が下がってきたかな。今朝なんて頭がぼーっとして、ずっと朦朧としてたから」

「そんなに酷かったのか？」

「覚えてることっていったら、夢を見たことくらいかな」

「夢？」

「湖で私が水浴びをしていると、茂みからリスさんが来て背中を拭いてくれる夢。あの時は冷たくて気持ち良かったなぁ」

日向さん、それ半分くらい夢じゃないです。背中を拭いたのリスじゃなくて俺です。

風邪のせいで夢と現実がごちゃ混ぜになってるみたいだな……。助かったというか、何というか。

日向が着替え終えてから体温を測ると、38・5℃と出た。まだ安静が必要みたいだ。

ふと時計を見れば、八時を過ぎていた。

「もうこんな時間か。月乃は明日も学校だし、そろそろ家に戻った方が良くないか？」

「悠人は、日向さんの看病は大丈夫？」

「一晩だけなら俺一人でも何とかなるよ。今日はありがとな。日向の洗濯物洗ってくれたり、俺が買い物行った時に留守番してくれたり。本当に助かった」

「全然良いよ？　日向さんのためだから。……あっ、そうだ。二人が暮らしてることはわたしだけの秘密にするから、日向さんは安心していいよ？」

そして、月乃は日向に微笑《ほほえ》んだ。

俺以外には見せないような、ミステリアスな月の天使には似つかわしくない笑顔。

「これからはお隣さん同士だね。今日みたいに何か困ったことがあったら、いつでも呼んでね？」

「……うん。ありがと、月乃ちゃん」

俺は玄関まで月乃を見送ると、「また明日世話になるかもしれないけど、よろしくな」と別れの挨拶をする。

俺は再び日向の部屋に戻ると、

「お腹が空いてるなら何か食べるか？　昼間みたいに雑炊を作っても良いし、蜜柑《みかん》とかヨーグルトもあるけど」

「あっ、蜜柑がいいな。今は果物を食べたい気分だから」

日向の言葉に頷くと、俺は蜜柑を数個持って来て皮を剝《む》き始める。

日向はびっくりしたように、

「もしかして、食べさせてくれるの？」

「まだ高熱だし、身体を動かすのも大変かなって思って。日向は蜜柑を食べる時、白い筋が多くても気にしないタイプ？」

「出来れば取り除いて欲しい方かな、美味しく食べたいから」

「オッケー、ちょっと待っててくれ」

丁寧に白い筋を取ってからフォークで刺し、日向の口元まで持っていく。

ぱくり、と日向が一口で食べると、

「甘くて、美味しい」

「それは良かった、蜜柑って今が旬の季節だもんな。たくさん買い置きしてあるから、どんどん食べてくれ」

「そんなに用意してくれたの？」

「日向が欲しがるかなって。後はリンゴとかヨーグルトとかもあるぞ？　日向には一日でも早く治って欲しいからな。遠慮なく食べてくれ」

俺が蜜柑を差し出す度に、日向はぱくぱくと食べていく。

けれど突然、ぴたりと日向は蜜柑を食べる口を止めた。

「どうした？　もしかして、まだ食欲が戻らないとか……？」

「……そ、そういうわけじゃないんだけど」

ほのかに頬を朱に染めて、日向は照れたように口にする。

「誰かに食べさせてもらうって初めてだから。何か、恥ずかしいなって」

「……だよな。俺も、日向にされてる時は同じ気持ちだったし。逆にされる立場になって、食べさせられるっていうのが如何《いか》に照れくさいことか分かったろ？」

「で、でも、あれは夕食に遅れた悠人君への罰だもん」

「じゃあ、蜜柑を食べるのはもう止《や》めるか？」

「……やだ。もっと甘いの食べたい」

「だったら、少し恥ずかしいくらい我慢してくれ」

「むー……」

不満そうに、けれど美味しそうに日向は蜜柑を食べる。

そこで、くす、と日向が笑みを零した。

「月乃ちゃんも悠人君も、迷惑かけちゃってごめんね。こんな風に付きっきりで看病されるなんて、久々だから」

「久々……？　家族に看病してもらったことくらいあるだろ？」

「本当に小さな頃はね。でも、小学生くらいからは一人で何とかしてたから。……お母さんに迷惑をかけたくなかったから、風邪だって言えなかったんだ」

つい、蜜柑を運ぶ手を止めてしまう。

またた。高熱でうなされながら生徒集会に行こうとしたように、また日向は一人で全部を抱え込もうとしてる。

「俺は別に気にしないけどな。誰かの世話なんて、月乃で慣れてるし」

「うん、知ってる。悠人君って優しいもんね。誰かのためになるならって、嫌な顔一つしないで一緒にいてくれるような、そんな人」

そして、日向は曖昧な笑顔を浮かべる。

「だけどね、悠人君に弱いところなんて見せたくないんだ。……悠人君に、嫌われたくないから」

「そんなことで、日向を嫌いになんてなるかよ。俺にとって日向は――」

初恋の人だったんだから。そう、言おうとした。

言えなかった。

その言葉を口にしてしまえば、俺と日向は家族でいられないような気がしたから。

日向が蜜柑を数個食べ終えて、俺はタオルを取り換えると、

「今日は早く寝た方が良いかもな。また何かあったらスマホに連絡してくれ、すぐに駆け付けるから。……風邪、明日には良くなるといいな」

俺が立ち上がろうとした、その時だ。

ぎゅっ、と。引き止めるように、日向が俺の手を摑《つか》んだ。

「……もし迷惑じゃなければ、なんだけど」

熱に浮かされたような、苦しそうな表情で日向は呟く。

「私が眠るまで、ここにいて。今夜だけは、傍にいて欲しいの」

「日向……？」

「お願い、行かないで。……私を、一人にしないで」

「……うん、分かった。俺は何処にも行かないから」

そんな助けを求めるような顔をされたら、嫌だなんて言えるわけがない。

仕方ない、今夜はとことん日向に付き合おう。

「今日は、ごめんね。……悠人君には、お世話ばっかりさせちゃったね」

「別にいいって。姉さんが風邪で弱ってるのに放っておけるほど薄情じゃないし。これくらいのわがままなら付き合ってあげるよ」

「……ありがと」

やがて、日向はゆっくりと目を閉じて……きっと、高熱で日向も気づかなかったに違いない。

眠るような表情をした日向の瞼から、涙が流れていた。

「────」

その光景に、俺は呼吸をすることさえ忘れていた。

日向は言う。生徒会長だから頑張らなきゃいけない。みんなに迷惑はかけられない。悠人君にも月乃ちゃんにも手を煩わせたくない。

だけど、と思う。

それは、もしかしたら——必死で、自分の弱さを隠したかっただけかもしれない。

「どうして、傍にいるだけなのにそんな風に泣くんだよ。俺は家族なんだぞ。……少しくらい、甘えてくれたっていいだろ」

日向は強い女の子だ。誰よりも優しくて、頑張り屋で、責任感があって。だからこそ俺はそんな少女に憧れて、気が付けば誰よりも好きになっていた。

けれど、それは同級生としての視点でしかない。

日向の家族となった、今。目の前にいる向日葵の女神と称《たた》えられる少女は……ひどく儚《はかな》げで、今にも壊れてしまいそうな危うさを持った女の子に思えた。

「……日向」

もし、明日。日向がいつものように目を覚ましたとして。俺はこの涙を見なかったフリをして、今までのように暮らしていいのだろうか。

だから、少しだけ考えた。

俺が、日向のために出来ること。

日向の風邪が完全に治ったのは、それから三日後のこと。

月乃ちゃんに、改めてお礼がしたいんだ——そう日向に頼まれて、俺たちは月乃を誘って三人で食事会をすることにした。月乃には俺も世話になったし、それに日向に元気を出

して欲しかったし、異論はなかった。

まあ、本音を言えばちょっと不安ではあったけど。

何しろ、月乃は日向が俺の初恋の人だってことを知っているわけで。ちょっとしたことで修羅場な空気になったり……なんて、月乃に限ってないよな？

テーブルにあるのは、色とりどりの寿司《すし》。月乃が家に来るならちょっとは豪華にしようと、俺と日向が半分ずつ出して購入したものだ。

月乃はいつものクールな表情で、しかし目を輝かせながら、

「いつもご飯は家で食べてるから、お寿司なんて久しぶり。ねえ、悠人。もしこんなお寿司が食べたいって言ったら、作ってくれる？」

「そうだなぁ、これだけ立派なやつならまずは板前に弟子入りしないと難しいかな」

「そっか。頑張ってね、応援してるから」

なんか激励されてしまった。えっ、俺寿司職人になるの？

しかし、改めて不思議な光景だなって思う。

一人は学校のみんなから絶大な人気を得る、俺の初恋の人である向日葵の女神。

もう一人は神秘的な雰囲気だと周りから噂《うわさ》され、俺の幼馴染である月の天使。

そんな二人と食卓を囲む日が来るなんて、自分でも意外だ。

ふと日向を見ると、彼女はどこか消沈したように目を落としていた。いつもと違う、元気のない姿。

そんな日向に、月乃が声をかける。

「日向さん、体調が戻って良かったね。生徒会のみんなも喜んでたよ？」

「……うん、そうだね」

日向が、部屋に飾ってあるバスケット型の花束に目を向ける。これは生徒会のみんながお金を出し合って、日向に快気祝いとしてプレゼントしたものだ。

けれど、日向は申し訳なさそうに花束を見つめている。

まるで、これだけの信頼を裏切ってしまった、と言わんばかりに。

「日向さん、どうしたの？　せっかくのお寿司なのに、落ち込んでるみたい」

「……悠人君と月乃ちゃんに、改めて言いたいの」

手元に箸を置き、日向が頭を下げる。表情が分からないくらい、深々と。

「二人共、迷惑をかけちゃってごめんね。本当なら、風邪くらい私一人で治すべきだったのに。二人の手を煩わせちゃったことが情けない。これからは、こんなことがないようにするから」

ぽかん、とした表情を浮かべる月乃。

けれど俺は、何となくこうなるんじゃないかって思っていた。

「この前も言ったけど、俺も月乃も何とも思ってないんだ。だから、どうしてそんなに謝るのか、俺には分からない」

「そんなことない。月乃ちゃんは私の代わりに生徒集会に出てもらったし、悠人君は家事をしてくれた。全部、本来は私がしなきゃいけないことなのに」

さっきから、胸のざわめきが止まらない。

ただ看病をしただけなのに、過剰なくらい謝罪をする日向。その姿は俺の知っている、誰にも愛される向日葵の女神からかけ離れていた。

そこで、俺は以前から疑問だったことを日向に尋ねる。

「少し気になってたんだけど、日向が風邪に罹ったのって聖夜祭の準備で忙しかった頃だよな？」

躊躇《ためら》いながらも、口にした。

「もしかして日向は、自分の体調が悪いってことに気づいてて、それでも無理をして生徒会の活動をしてたんじゃないのか？」

「………そんなこと、ないよ」

そう口にする日向の目は、明らかに視線を逸《そ》らしていた。やっぱり、日向は笑ってしまうくらい真面目な性格なんだ。

こんなにも、嘘をつくのが下手なんだから。

きっと日向だって、休養した方が良いことに気づいてたはず。それでも無理を通して、こうして風邪で倒れてしまった。

「聖夜祭の準備も、それに風邪をひいたことも。どうして一人で何とかしようとしたんだ？　日向が責任感が強いってことは知ってるけど、俺には無理をしてるように見える」

「……そう、だね。多分、ちょっとだけ背伸びしちゃったのかな」

何かを諦めたように、日向は口にする。

「あーあ、残念だな。私のちっぽけなとこなんて、月乃ちゃんにも生徒会のみんなにも、それに悠人君にも見られたくなかったのに。そのために今まで頑張ってきたのにな」

「……日向さん？」

呆気《あっけ》にとられる月乃に、日向は困ったような笑顔を浮かべる。

「ずっと昔の話だよ？　あるところに、小さな女の子がいたんだ。その子は生まれた時からお父さんがいなくて。だからかな、自分が誰にも愛されない子どもだって思ってたんだ」

突然の昔話めいた語りに、俺も、それに月乃も言葉を失くしていた。

思い出すのは、ぬいぐるみを手にして日向が口にした、いつかの言葉。

――えっと、昔の話だよ？　子どもの頃、あんまり友達がいなかったから。

その女の子って、もしかして……。

「でもね、ある日女の子は気づいたの。誰にも愛されないなら、誰かに愛されるように頑張らなきゃって。だから、その女の子は努力した。家事を覚えてお母さんに喜んでもらえた。勉強をたくさんして先生に褒めてもらえた。笑顔の練習をして友達と仲良くなれた」

三人だけの部屋に、日向の声だけが響いている。

「でもね、その子はある日、ふと思ったの。もし私が他人にとって理想の優等生じゃなくなったら――」

そして、俺は確かに見た。

向日葵の女神とは思えないくらい、寂しそうな笑顔。

「――みんな、私のことを嫌いになるんじゃないかって」

――ああ、そっか。そういうことか。

俺は日向のことを、ずっと特別だって思ってた。生まれながらに真面目で、頭が良くて、優しくて。だからこそ優等生になったのだと思い込んでた。

でも、違うんだな。

日向はみんなに愛されたくて、努力した末に優等生になって――だからこそ、失うことを誰よりも怯《おび》えている。

待てよ。じゃあ、日向が生徒会に入ったのも、それに生徒会長に憧れてたのも――多くの人に求められる存在になりたいっていう、理想のため？

「なんて、あくまで例え話だけどね。世の中にはそんな女の子もいるから、私も無理しちゃったのかなって。でも、大したことじゃないから。あんまり気にしないで？」

「……わたしは、日向さんのこと、嫌いになったりしないよ？」

ぽつりと、月乃が消え入るような声で口にする。

学校の誰も見たことがないって思えるくらい、その表情は悲し気だった。

「日向さんが優等生だからとか、そんな理由で一緒にいるわけじゃないよ。日向さんが好きだから友達でいたいの。それじゃ、駄目？」

「……ありがと、月乃ちゃん。その言葉は嘘だって思わないし、とっても嬉しいよ？」

けれど、困惑したような日向の笑みは崩れない。

「でもね、多分その女の子はこう言うんじゃないかな。……私が今まで頑張ってきたのは、誰かに愛されるためだから。その努力を止めて他人に甘えちゃったら、それまでの自分を否定することになっちゃう、って」

「……そっか」

「ごめんね、月乃ちゃん。なんか、空気が重くなっちゃったね。そんなことよりご飯食べよ？　お寿司なんて滅多に食べれないしね」

けれど、そんな日向の声が、俺にはひどく空っぽに聞こえる。

ただの同級生だった頃の俺は、日向のことを完璧な優等生だって尊敬してた。けれど、家族になった今、こうして日向が誰にも見せなかった心の陰と向き合っている。

日向が風邪で倒れて、今夜だけは傍にいて欲しいと言ったあの日。日向が流した涙を見た時から、ずっと考えてたことがある。

俺が、日向のために出来ること。

同級生でも、生徒会の仲間でもなく——家族である俺にしか出来ないこと。

「なあ、日向。頼みがあるんだ」

「……？　どうしたの？」

「悠人……？」

日向と月乃が、不思議そうに俺のことを見つめる。

正解か不正解かは分からないけど、俺なりの答えならもう出した。

日向の不安とか、寂しさを終わらせる方法。

俺と日向が、本当の意味で家族になる方法。

そして、まるで告白をするように、日向に伝えた。

「――今度の日曜日、俺とデートしてくれないか」

六章　約束／そして天使は優しげに／まるで恋人のように

日向《ひなた》も、それに月乃《つきの》もぽかんとしていた。

それくらい、俺は無茶苦茶なことを言ってるんだろうな。

あんなに重い空気の中、デートしよう、なんて言い出すんだから。

「え、えっと。悠人《ゆうと》君、今なんて……？」

「日向とデートがしたいんだ。それも、姉と弟としてじゃなく、同級生同士として」

「……ごめん、悠人。笑いどころがちょっと分からない」

「俺は真面目に言ってるんだって、月乃。……俺と日向がこれからも家族として暮らすためには、必要なことだと思うんだ」

俺は日向に向き直ると、

「日向の気持ちは分かった。誰かに嫌われるのが怖くて、だから誰にも甘えられない。でもさ、お節介だって思うかもしれないけど、そういうの嫌なんだ」

ぐっと、固く拳を握りしめる。

「理由なんてなくても、一緒にいて良いから家族なんだろ。嫌われるかどうかなんて、そんな不安を日向には感じて欲しくないんだ。俺と日向は、家族なんだから」

「……悠人、君」

「けどさ、俺はまだ日向のことを、家族じゃなくて一人の女の子として見てしまってるんだと思う」

日向への片思いを忘れようとしたのは、嘘《うそ》じゃない。

でも、日向の言葉や仕草に胸を高鳴らせてしまう自分がいて、その度に見ないフリをしてきた。俺と日向は家族なんだから、そんな感情を抱いちゃいけないって戒めてきた。

でも、それでも何も変わらなかったから——だから、決めた。

もう一度、真っ向から日向への初恋に向き合おうって。

「日向が好きだって感情が少しでも残ってるなら、俺と日向の距離は同じままなんだ。だから、最後に一度だけ、同級生として日向と一日を過ごしたい。そうすれば、日向への気持ちにケジメをつけることが出来ると思うから」

そして、俺は深く頭を下げる。

「だから、頼む。俺とデートをして欲しい。……日向と、家族として寄り添うために」

「……そ、その、悠人君の気持ちは嬉《うれ》しいけど」

照れ照れと、日向は恥ずかしそうに月乃を見ると、

「好きとか、デートとか、月乃ちゃんがいる前で言わない方が……」

「わたしは気にしないよ？　悠人が日向さんを好きってこと、知ってるから」

「月乃ちゃんっ⁉」

あわあわと慌てる日向に対して、月乃は顔色一つ変えない。強い。

「日向の気持ちは分かるよ。でも、俺の個人的な理由なんだけど、後で俺と日向がデートすることは月乃に伝えるつもりだったから」

だって、月乃は俺に告白をしてくれた少女だから。

それなのに、答えを先延ばしにしてる俺がこそこそ隠れて他の女の子と遊ぶなんて、そんなズルいことはしたくなかった。だから、後で報告するよりこうしてこの場にいてくれた方が誤解が生まれずに済むんじゃないか、って思ったのだ。

月乃が俺を見つめながら、ぽつりと口にする。

「そっか。悠人、わたしのために全部話してくれたんだ。もし隠れて日向さんとデートしたら、わたしが傷つくって思ったから」

「……？　月乃ちゃん、どういうこと？」

「日向さんは知らないと思うけど、わたしは悠人に――」

「ちょ、ちょっと待った。それ、言ってもいいのか？　月乃にとって大切なことだろ？」

「わたしは別にいいよ？　いつか日向さんに話そうって思ってたんだ。日向さんって、わたしと悠人の秘密の当事者だから」

「……当事者？」

小首を傾《かし》げる日向に、月乃が浮かべるのは感情の見えない透明な表情。

「わたし、悠人のことが好きなんだ。だから少し前に、告白したの」

「…………………………………………………………………」

「……ふえ？」

それはもう、『鳩《はと》が豆鉄砲を食らった』って辞書の喩《たと》えに引用出来そうな反応だった。

五秒、一〇秒と過ぎていき、それでも日向は微動だにしない。月乃は待ちくたびれたのか、もぐもぐとお寿司《すし》を食べている。

やがて、やっと日向が現実を受け止めたようで、

「……月乃ちゃんと、悠人君、幼馴染《おさななじみ》だよね？」

「うん、それでも悠人が好きなの。誰よりも特別な人になりたいって思うくらい」

「…………」

日向は言葉を失っている。それくらい、月乃の恋心が予想外だったんだろうな。

「でも、悠人はまだ日向さんのことが好きだったから。だから、悠人が日向さんのことを家族として見るまで待つって約束したの。……それで、悠人はわたしの目の前で、日向さんをデートに誘ってくれたんだよね？」

「……月乃の想《おも》いには、精一杯応えてあげたいからな。だから日向、頼む。これからも家族として暮らすために、最後に俺と——……？」

ふと、気づく。さっきから日向、我を失ったみたいに「月乃ちゃんが、悠人君を、好き……？」ってずっと呟《つぶや》いてる。

「あの、日向……？」

「ひゃいっ⁉　え、えっと、どうしたのかな？」

「その、さっきの話の続きなんだけど……俺とのデート、どうかな」

「……悠人君と、デート」

　小さな声音で、日向はそう口にすると、

「う、うん。悠人君がそう言うなら、デートしてみてもいいかな。悠人君が私のこと心配してくれてるの、凄《すご》く嬉しいしね」

「……良かった。日向が嫌がらないでくれて、ほっとした」

「……こ、こちらこそよろしく、です」

　ぺこり、と日向がお辞儀をする。俺は月乃に視線を向けると、

「だから、ごめん。月乃の気持ちは知ってるけど、俺と日向がデートすることを許してくれるか」

「……うーん」

　しかし、月乃は納得がいかない様子。告白を保留にしてる相手が、他の女の子と遊びたいって言ってるのだ。月乃が気に入らないのも不思議じゃない。

「じゃあ、一つだけお願いがあるんだけど、良《い》い？　もしそれを叶《かな》えてくれたら、日向さんとデートしても良いよ？」

「お願い……？」

　俺は、月乃のお願いは出来るだけ叶えるって約束してるのに……いや、改めて月乃が口にするってことは、普段なら俺が断りそうな頼み事なのかな。

それこそ、幼馴染としてじゃなくて一人の少女としてデートして欲しい、とか。

でも、だったら何だっていうんだ。

月乃は、俺が日向とデートするのを認めてくれようとしてるんだ。その懐の深さに応えるためなら、どんなことだって出来る。

「ああ、分かった。どんな頼み事だって構わない。月乃のしたいこと、言ってくれ」

「ありがと。じゃあ、悠人と日向さんにお願いなんだけど」

「えっ、悠人君だけじゃなくて、私にも？」

「うん。日向さんにも関係することなんだ。えっとね――」

そして、月乃はその「お願い」を口にした。

俺と日向が言葉を失ってしまうような、予想もしてなかった頼みごとを。


日向とデートをする日の前日である、土曜日。朝食もまだ食べていない早朝。

俺は月乃の家の前で、覚悟を決めたように一度だけ深呼吸をすると、合鍵を取り出して鍵穴に差し込む。

一日だけ、悠人と二人暮らしがしたい。

それが、月乃が俺と日向に口にしたお願いだった。

『一日だけ、悠人と日向さんは別々の家で過ごして欲しいの。そっちの方が、きっと楽しいデートになると思うから』

『楽しいデート……？』

俺と日向が首を傾げると、月乃は、

『悠人は日向さんと、同級生としてデートがしたいんだよね？　だったら、デートの前日は一緒に過ごさない方が良いと思う。好きな人と同じ時間を過ごすことにどきどきするのが、デートだから』

呆気《あっけ》にとられる俺たちに、月乃は口にする。

『同級生として最初で最後のデートでしょ？　だったら、最高のデートにしないと』

言葉なんて、出てこなかった。

一つだけどんなお願いでも叶えるって約束したのに、月乃は自分ではなく俺たちのために使った？　月乃は俺のことが好きなはずなのに。

そっか、そうだったな。

月乃っていう俺の幼馴染は——それくらい優しい女の子、なんだよな。

『……月乃、ちゃん』

やがて、日向は口元に笑みを浮かべながら、

『私たちのために、ありがと。このお礼はいつか絶対にするから。悠人君のこと、よろしくね』

『うん、分かった。でも、感謝なんて別にいいよ？　悠人と日向さんのためなのは事実だけど、わたしにもメリットはあるから』

そして月乃は、はにかむような笑みを俺に向ける。

『悠人と二人暮らしするの、楽しみ。……ほんとは、ずっと前から憧れてたんだ』

――それが、今から数日前の出来事だ。

月乃の家に泊まるなんて初めてってわけでもないのに、それでもどこか緊張している自分がいる。

それはやっぱり、俺に告白をした女の子と一日を過ごすから、だろうか。

……い、いや、だから何だっていうんだ。意識しすぎだろ、俺。

いつもみたいに鍵を開けて、家に上がる。あえてインターホンは押さなかった。今日だけは二人暮らしなのだ、わざわざ呼び鈴を鳴らす同居人なんていない。

休日だし月乃が起きる前に朝食の準備でもしよう――そう、リビングに上がった時だ。

バスタオルで髪を拭く下着姿の月乃が、そこにいた。

俺も、それに月乃も。呆気にとられたように、ぽかんとするばかり。

窓から零《こぼ》れる朝陽《あさひ》に照らされた、月乃の身体《からだ》。新雪を思わせるくらい肌は綺麗《きれい》で、見惚《みほ》れてしまうくらい華奢《きゃしゃ》だった。なんか下着に見覚えがあるなって思ったら、そういえばこの前、月乃の服を洗濯した時に似たようなのがあった気が――。

俺が我に返ったのは、そんな時だ。

「なっ――す、すまんっ!」

慌てて回れ右をする。

と、背中越しに、くす、と月乃の楽し気な笑い声。

「悠人、照れてるの？　……そっか、わたしの下着姿を見ちゃったから、なんだ」

「……月乃？」

「別に、見たかったら好きにすればいいのに。悠人なら全然良いよ？」

「……そんなの出来るわけないだろ。月乃は女の子なんだから」

「だけど、悠人の幼馴染だよ？　一緒にお風呂に入ったこともあるのに」

「幼稚園児の頃のことなんかノーカンに決まってるだろっ！」

なんつー記憶を思い出させるんだよ。

「でも、悠人が恥ずかしがってくれてほっとした。わたしの下着姿で慌てるってことは、わたしのこと異性として見てくれてる、ってことだもんね」

「……するだろ、それは。俺に告白してくれた女の子、なんだから」

「ん、そっか。良かった」

「っていうか、まさか月乃がこんな朝早くに起きてるなんて思ってなかったんだよ。いつもは俺が月乃を起こす役目なのに」

「緊張して、いつもより早く起きちゃったんだ。……今日は、悠人と二人暮らしをする特別な日だから。少しでも早く悠人に会いたい、って思っちゃって」

「……そ、そっか」

可愛《かわい》いとこあるんだな、って思ってしまったのは内緒だ。

「じゃあ、着替えてくるからちょっと待っててね」

月乃が立ち去って、ようやく俺は一息つけた。

けど、さっきの光景が頭に焼き付いてなかなか消えない。月乃の下着姿を見るなんて、いつ以来だろう。ずっと一緒にいたから気づかなかったけど、月乃も色んなとこが成長してるんだな……。

……もし俺と月乃が純粋な幼馴染同士なら、俺は普段通りでいられたのかな。

そんなことを思いながら朝食の準備を終えると、月乃が部屋から現れる。いつものぶかぶかなセーターじゃなくて、お洒落《しゃれ》でカジュアルな服装だった。

「美味《おい》しそうな朝食だね」

「今日は休日だし、ちょっとだけ頑張って作ってみた。これでも、日向には全然及ばないけどな」

「ううん、十分。これなら悠人は立派なお嫁さんになれるね」

立派な旦那さんになれるね、の聞き間違いであったと信じたい。

「この朝飯を食べたらだけどさ、月乃は何処《どこ》か行きたい場所とかあるか？　今日はずっと一緒にいるわけだし、いつもと違うとこに行くのも悪くないと思うんだけど」

「それも楽しそうだけど、止《や》めておこうかな」

朝食を進めながら、月乃が頬を緩めた。

「せっかくの悠人との二人暮らしだもん。何でもない一日みたいに、悠人と過ごしてみたい。悠人は、嫌？」

「……いや、そんなことない。月乃と同居なんて初めてだもんな」

ならやることは決まりだ。

俺は気合を入れるように腕を組む。

「じゃあ、今日は一日、月乃のために思う存分家事をしようかな。掃除に洗濯に料理に、しなきゃいけないことはたくさんあるし」

「わたしは嬉しいけど、悠人はいいの？　今日はせっかくの休日なのに」

「……？　こんなに有意義な時間の使い方なんてないだろ。俺は月乃のお世話係なんだから」

さて、まずは大掃除からだ。

月乃が普段使わないであろう掃除機を引っ張り出し、隅から隅まで埃《ほこり》を取る。一番大変だったのは月乃の部屋だ。学校では月の天使なんて言われてるけど、基本月乃は生活能力が皆無だから掃除なんてしない。俺がいないとすぐ散らかってしまうのだ。

徹底的に掃除をすると、なんということでしょう。ビフォー・アフターみたいに見違えた光景に「おー、ぴかぴか」と月乃が表情を輝かせていた。

さて、次は洗濯だ。

衣類はもちろん、シーツや枕カバーや数日分溜《た》まったバスタオルを洗濯機に突っ込む。普段は月乃の洗濯物を畳んだりするけど、これだけ大量の洗濯物は久々だ。

俺が家事をしていると、月乃がぽつりと口にした。

「悠人って、日向さんと暮らしてからもこんな生活をしてるの？」

「いや、むしろ逆だな。俺の家の家事はほとんど日向にしてもらってるよ。日向って他人の世話が好きだからさ、分担しようって提案しても聞かないんだ」

「そうなんだ。でも、そっちの方が良いかも。悠人ってあんまり家事が好きじゃないから」

その通り、俺は別に好きで家事をやってるわけじゃない。必要最低限の生活能力さえあれば十分で、出来るだけ手を抜いて生きていたいって思うタイプだ。

……あくまで自分の生活範囲では、だけど。

「まあ、俺がこうして家事をしてるのは月乃が喜んでくれるから、だからな」

「悠人って優しいね。そのせいで、わたしは駄目人間になったんだよ？」

自覚あったのか……。まあ、それも良いかなって今は思えるけど。

月乃が思う存分甘えてくれたから、俺は彼女のお世話係になれたんだから。

と、そこで月乃はくすぐったそうに笑うと、

「多分、悠人って結婚してもこんな風にお嫁さんのお世話をするんだろうね。悠人、きっと立派な旦那さんになれるよ？」

……今のは聞き間違いじゃなかっただろうけど、聞こえなかったふりをしよう、うん。

そんな風に午前中は主に家事をして、午後は近所のファミレスで昼食を済ました後、家

でのんびりと過ごした。

何の変哲もない休日の過ごし方。月乃は退屈じゃないかなと気を遣いそうにもなったけど、いつもより機嫌の良さそうな月乃を見ているとそんな不安も消えた。

夕食時になって、俺はソファから腰をあげると、

「そろそろ飯にするか。月乃、今日は何が食べたい？」

「ううん、悠人はゆっくりしてて。今日はわたしが、悠人に夕飯を作りたいんだ」

「えっ……月乃が料理を⁉」

「うん。悠人と一日過ごすって約束した時から、決めてたんだ。料理の師匠である悠人にご飯を食べてもらおうって」

「でも、いいのか？　今日一日は月乃のお世話係をするつもりだったのに」

「だから、だよ？　悠人にはとっても感謝してるから、そのお礼がしたい。わたしの料理なんかで良かったら、だけど」

「そんなの楽しみに決まってるだろ。だって、月乃の料理なんだから」

……まあ、本音を言うとちょっと心配ではあるけど。

今まで月乃の晩飯は俺が作っていたし、月乃自身が料理する機会なんてあまり無かっただろう。そうでなくても月乃が作れる料理ってミートソースパスタだけだし、変なアレンジを足す可能性はある。

「だから、悠人はお父さんの部屋で待っててくれる？　今日は悠人の手は借りずに、一人

で作った料理を食べて欲しいんだ」

「一人で……？　で、でも、料理中に月乃が怪我《けが》するかもしれないし。ここで見守るだけでも……」

「だめ。悠人のことだもん、心配して手を貸しちゃうでしょ？」

ごもっとも。流石《さすが》、俺のことをよく理解してる。

大人しく月乃の父親の部屋に移動し、スマホで適当に時間を潰すこと三〇分ほど。

月乃に呼ばれ食卓に着いた俺は、テーブルに置かれた白ご飯に目を丸くした。

「もしかして、白ご飯をメインに夕飯を食べるのか……？」

「そうだけど、そんなにおかしい？」

「だって、月乃ってミートソースパスタしか作れないだろ？　パスタをおかずに白ご飯を食べるのは、炭水化物を摂取し過ぎのような……」

「……やっぱり、悠人はわたしがパスタしか作れないって思ってるんだ？」

ぽかんとする俺に、月乃は少しだけ自慢げに料理を運んでくる。

その料理は、明らかにミートソースのパスタではなくて。

俺が初めて食べた、月乃の料理。

「……肉じゃが？」

「頑張って勉強したんだ。この料理で、悠人に美味しいって褒めて欲しかったから」

驚いた、なんてもんじゃない。

目の前にある出来立ての肉じゃがは、とても美味しそうだった。料理レシピの見本として飾られてても違和感がないくらいだ。

「食べてみて？　心配しなくてもいいよ、苺《いちご》ジャムは使ってないから」

ゆっくりと、料理を口の中に入れて……食べた瞬間、思わず感嘆の溜《た》め息《いき》が零れた。

この前食べた肉じゃがとは、まるで別物だ。

煮崩れしておらず、ほくほくと食べ心地の良いじゃがいも。食材には和風の味付けが染み込んでいて、すぐに白米が欲しくなるくらいだ。

これを、一ヵ月前に料理を始めたような初心者が作ったのか？

月乃は、そわそわと落ち着かないように俺と料理を交互に見ながら、

「どうかな。……感想、聞かせて？」

「……すごく美味しい。これを月乃が作ったのかって、感動してるくらい」

「ほんとに？　やった」

褒められたのが嬉しくて仕方ない。そんな風に、ぱっと月乃の顔が明るくなる。

「でも、いつの間に料理なんてしてたんだよ。夕食なら、ほとんど毎日俺が作ってたのに」

「悠人に告白したあの日から、夜中にこっそり勉強してたんだ。そのせいで、最近はいつもより夜更かししちゃったけど。悠人、気づかなかったでしょ？」

そういえば、少し前に月乃が公園でミアと一緒にいた時、やけに眠そうにしていた。

あれは、夜遅くまで料理の練習をしてたから、なのか。

「あと、お弁当に肉じゃがを持って行って、槍原《やりはら》さんとか生徒会のみんなに食べてもらってたんだよ？　どうしたらもっと美味しくなるか、協力してもらってたんだ」

「知らなかった……。月乃、そんなに真剣に料理をしてたのか」

「……悠人に認めて欲しかったから。幼馴染じゃなくて、一人の女の子として」

　思わず、月乃の方を向いた。

「日向さんって、とっても料理が上手でしょ？　少しは料理が出来るようになったら、ちょっとは悠人の気持ちも揺れるかなって思って。……頑張って良かった。悠人から、美味しい、って最高の言葉をもらえたから」

　俺に、振り向いて欲しいから。ただそれだけのために、包丁を握ることさえ怖かった月乃が、こんなに努力したのか。

　月乃は、俺の初恋がまだ終わってないって知っていたのに。

　胸の奥から、熱い何かが込み上げてくるのが分かる。それはきっと激情とか、あるいは愛《いと》しさと呼ばれるものだ。

　いつだって俺の近くにいた月乃って少女は……こんなに、一途《いちず》だったんだ。

「……もし料理が上手な女の子がいたとして。俺がその娘を好きになるかは、俺にも分からない。俺が好きになった日向って女の子は、料理が上手だった。それだけのことだから」

　月乃は、何も言わない。小さく笑いながら俺を見つめるだけ。

　ぎゅっ、と。拳を固く握る。

「でも、ここまで頑張れるくらい純粋な女の子を、嫌いになんてなれるはずない。……その、ありがと」

「……もしかして、悠人照れてる？」

「わ、悪いかよ。俺のためだけに料理を作ってくれる女の子なんて、月乃くらいなんだから。日向もそうだけど、あれは家族だから作ってくれるわけだし……」

「ふーん。……女の子、かあ」

月乃は、くす、と笑みを零すと、

「肉じゃが、冷めちゃうよ？　早く一緒に食べよ」

「……おう」

あれだけ美味しかった肉じゃがの味が、今はいまいち分からない。

それくらい、俺は緊張しているんだろうな。

不思議だった。小さな頃から月乃が近くにいるのは当たり前で、これからもその関係が続くって思っていた。

なのに、たった今。こんなにも俺の心は落ち着かない。

「悠人と一緒にいたから、かな。何だか、あっという間に一日が過ぎちゃうね。……明日は日向さんとデートだよね？　準備は大丈夫？」

「……一応、色々考えてる。同級生として日向と二人で出掛けるなんて、初めてだし」

「そっか。じゃあ、今日はあんまり夜遅くまで起きてられないね」

気のせいだろうか、そう口にする月乃は寂しげに見えた。

「ねえ、最後にお願いがあるんだけど、いい？」

「それって、幼馴染としてか？」

「小夜《さよ》月乃っていう、一人の女の子として。悠人は、わたしのお願いなら出来るだけ叶えたい、って約束してくれたから。だからこそ、お願い出来ること」

そして、月乃はどこか恥ずかしそうに、しかし甘えるように口にする。

「今夜は、悠人と一緒に寝てみたい。……だめ？」


これは仕方がないことなのだ、と何度自分に言い聞かせたことか。

時刻は一一時を過ぎたくらいで、まだ眠気も半分くらいだけど、それでもベッドに入ろうと決めたのは初めの内はなかなか寝つけないだろうと思ったからだ。

何しろ、月乃と同じベッドで眠るんだから。

月乃の父親の部屋にて。俺と月乃はベッドに腰かけて、気まずい沈黙のまま時間だけが過ぎていく。

……俺も経験したことないから憶測になっちゃうんだけど。

初夜を迎えた付き合いたてのカップルとか、こんな空気なのでは。

「そ、そろそろ寝るか。明日は絶対に遅刻は出来ないし」

「……う、うん」

頬を朱に染めて、こくりと月乃が頷《うなず》く。月乃でさえも俺と一緒に寝るというこの状況に緊張しているみたいだ。

月乃は、ぽふん、とベッドの上に倒れると、

「わたしはいつでもいいよ。……来て、悠人」

そういうどぎまぎしてしまうような台詞《せりふ》を言わないで欲しい。

電気を消してから再び覚悟を決めてベッドの中に入り、その瞬間、ほんの少しだけ月乃の身体と触れてしまう。

柔らかい。そう思った直後、甘い痺《しび》れに頭がくらくらしそうになった。

落ち着け、幼馴染と一緒に添い寝するだけじゃないか……そう自分に言い聞かせた言葉が如何《いか》に的外れかなんて、俺が一番分かってる。

だって、月乃は俺のことが好きだって告白した女の子なんだから。

ああ、もうっ。分かった、潔く認めよう。

月乃は俺の幼馴染のはずなのに——そのぬくもりを感じることに、どうしようもないくらい心臓の音が大きくなっている。

そんな風に天井を眺めていると、隣から囁《ささや》くような声音。

「悠人、起きてる？」

「……寝れるはずないだろ。女子と一緒に寝るなんて、初体験なんだから」

「ん、そっか」

「月乃はどうなんだよ。一緒にいたい、って言ったのは月乃だろ」

「ずっと夜だったらいいのに、ってくらいには幸せだよ？」

月乃が身じろぎをする。その度に月乃が俺の身体に触れて、全身がかあっと熱くなる。

「悠人の匂いにくらくらして、悠人の感触にそわそわして、悠人のぬくもりにどきどきしてる。うん、やっぱり幸せって言葉が一番ぴったりかな」

「……そうか」

月乃を相手に、自分の感情を誤魔化したくない。

その一心で、月乃の表情を見ないまま口にした。

「俺も、月乃と一緒にいてこんなに緊張するなんて初めてかもしれない。……不思議だよな。ちょっと前まで、そんなこと想像もしてなかったのに」

「……うん。悠人もどきどきしてくれるなら、嬉しい」

俺にとって月乃は、ついお世話をしたくなるような妹みたいな存在だった。感情表現が下手で、自由気ままで、目を離せば何処か遠くに行ってしまいそうな、そんな女の子。

だけど、小さな頃からの付き合いだっていうのに。幼馴染って関係から一歩離れて、初めて見えた姿がある。

たとえば、一度恋をしたらどこまでも一途だったりとか。

たとえば、好きな異性に対しては無邪気なくらいに甘えたりとか。

まるで、日向とは逆だ。家族になって初めて日向の知らなかった内面を知るように、幼馴染をやめてから初めて月乃っていう少女を知り始めてる。

「悠人は明日、日向さんとデートをするんだよね。日向さんへの初恋に区切りをつけて、ちゃんと家族として一緒にいられるように」

不安そうに、月乃は呟いた。

「でも、大丈夫？　悠人は本当に、自分の気持ちを忘れられるの？　……日向さんとデートをして、今まで以上に好きになったりしない？」

「……それは、分からない。もしかしたら、そうなる可能性だってあるかも」

月乃が心配するのも無理はない。一日だけ、同級生だったあの頃に戻って日向と二人きりで遊ぶのだ。あるいはそれは、失恋の傷口をいたずらに広げるだけの行為かもしれない。

……だけど。

「それでも、日向のために何かしなくちゃいけないってことだけは、分かるから。これが俺の最善だって信じてる。自分の気持ちにケリをつけないと、これからも日向と暮らしていくなんて無理だから」

「……もしも、だよ？　もし明日、悠人が日向さんと同じ時間を過ごして、やっぱり日向さんが好きだーって気持ちに嘘がつけなくなったら」

寄り添うように、月乃が俺の腕をぎゅっと抱く。

「その時は、今までみたいな幼馴染に戻るから。もう悠人を好きだなんて言わないから。悠人は安心して日向さんとデートしていいよ？」

「……月乃？」

「誰かに諦めろって言われても、自分の感情を無かったことになんて出来ないもん。悠人の気持ちは痛いくらい分かるつもり。……わたしも、悠人への気持ちを忘れようとしてたから」

耳に痛いくらいのわずかな沈黙の後、部屋に月乃の声音が響く。

「悠人の幼馴染から恋人になりたいって思って、だけど悠人は日向さんが好きなんだって気づいて。胸が苦しくて自分の気持ちを見ないフリしてたけど、やっぱりダメだった――だって、ずっと前から好きだったから」

儚《はかな》げな月乃の言葉に、俺は相槌《あいづち》一つ打てない。

絶対に、この言葉は受け止めなければならない。そんな気がしたから。

「だから、もし悠人が日向さんを好きなままでも、わたしは何も言わないよ？　もしかしたら悠人が好きなままかもしれないけど、絶対に秘密にするから。その時は、今までみたいにただの幼馴染でいて欲しい。……どうかな」

「――――」

それはあまりにも誠実で、そして健気《けなげ》な言葉で……俺は覚悟を持って、月乃に振り向くように体勢を変える。

吐息がかかりそうなくらい近い、月乃との距離。

月乃もまた俺を見つめていて、その顔には微笑《ほほえ》みが浮かんでいた。

「どうしたの？　恥ずかしそうにしてたのに、突然こっちを向いて」

「……何か、月乃の表情を見たくなったから」

こんな優しい顔をしてたのか。

強がりだとか、見栄《みえ》だとかじゃなくて。ただ俺を心配させたくなくて、こんな笑顔で日向が好きなままでも構わないなんて言ったのか。

だとしたら、俺は——その決意に向き合わなければ、幼馴染でいる資格さえない。

「約束させてくれ。日向とのデートが終わったら、誰よりも先に月乃に会いに行く。その時は……ずっと先延ばしにしてた、告白の返事を聞いてくれるか？」

月乃の綺麗な瞳を見つめたまま、言葉を紡ぐ。

「初恋が忘れられるか俺にも分からないけど、月乃には俺の本心を知って欲しいから。日向との関係も、それに月乃との関係も俺なりの答えを出すから」

「……うん。待ってる」

そして、月乃はもう一度優し気な笑顔を浮かべた。

まったく、月乃が月の天使だなんて、槍原もよく言ったものだ。

カーテンの隙間から零れる、淡い月明かりに照らされた月乃の笑顔は、本物の天使のように可憐《かれん》だった。

◇

淡い月明かりが、私のことを照らしていた。

ベランダから眺めている夜空には、真っ白な月がぽっかりと浮かんでいる。月乃ちゃんが住んでる隣のベランダを見ると、窓に灯《あか》りはなかった。

悠人君、もう寝たのかな。

私もそろそろ寝なくちゃ、って頭では分かってるのに心がそわそわしてちっとも眠くない。高校受験の前の日の緊張感のような、そんな気持ち。

だって、明日は悠人君と初めての――。

（……家族として寄り添いたいから、かあ）

家族ってなんだろう。

もしそれが血の繋《つな》がりだっていうのなら、私と悠人君は永遠に中途半端な家族にしかなれない。私と悠人君には、半分しか同じ血が流れていないんだから。

じゃあ、私の本当の家族はお母さんだけ、ってことになるのかな。

生まれた時から母子家庭だった私を、お母さんは再婚するまでたった一人で育ててくれた。小さな頃は私を養うために仕事ばかりしてて、家に帰るといつも私一人だった。

私って、お母さんに嫌われてるのかな――そう思ってた頃もあったっけ。

思わず苦笑してしまう。あの頃から、私って家族への接し方が下手だったんだ。

悠人君と一緒に暮らしたいって相談した時も、最後には許してくれたけど猛反対された。お母さんは哲也《てつや》さんが大嫌いで、だからこそその息子の悠人君と一緒に住ませたくなかったみたいだから。

だけど、それでも私は家を出て、こうして悠人君と暮らしてる。

それくらい、悠人君は私にとって、特別な人だから。

「…………」

ベランダから立ち去る。向かうのは自分の部屋のクローゼット。

一番奥にある、三つ積まれた段ボールの一番下の箱。その中にあるのは、誰にも見られたくない私だけの宝物。

「あっ、あった」

つい頬を緩ませながら、私はそれを――少しだけ色褪《いろあ》せたふわしばのぬいぐるみを取り出した。

懐かしいな、ってつい思ってしまう。

この子は、最近悠人君がプレゼントしてくれたふわしばとは別の物――私が六歳の頃、ある男の子がくれたものだった。

遊園地に来たのは、生まれて初めてだった。

大きな観覧車も、可愛いメリーゴーラウンドも、いつか乗ってみたいって憧れてた。なのに、今すぐお家《うち》に帰りたい。

だって、今日の遊園地にはお母さんがいなくて、知らないおじさんと知らない男の子の二人と遊ばなきゃいけないから。

どうして、お母さんは来てくれないんだろう。

……やっぱり、わたしのことが嫌いだから、なのかな。

「雪代《ゆきしろ》、です。六歳になります。ふつつか者ですが、よろしくお願いします」

わたしはお母さんに教えてもらった通り、ぺこり、とお辞儀をする。

男の子は不思議そうに首を傾げて、

「雪代、って名字だよね？　名前はなんていうの？」

「…………」

喋《しゃべ》らなきゃ。ずっと黙ってたら、この男の子に嫌われちゃう。それなのに、わたしは俯《うつむ》いたままだった。

日向って名前が、大嫌いだったから。

幼稚園のみんなに、お日様みたいにぽかぽかしたこの名前が、引っ込み思案で臆病なわたしにちっとも似合わないって、よくいじめられたから。

何も喋らないわたしを、男の子がじっと見てる。嫌だ、変な女の子って思われちゃう。

なのに少しも口は動いてくれなくて、熱い何かが目の奥から込み上げてきて――。

ぱっ、と男の子が顔を明るくした。まるで、わたしを励ますみたいに。

「じゃあ、ユキちゃんだね。ユキちゃんは遊園地って来たことある？」

「…………（ふるふる）」

「そっか、初めてなんだ。じゃあ、今日は一緒に楽しめたらいいね。ねっ、お父さん」

「そうだな。ユキちゃんも同じ年頃の子どもといた方が楽しいだろうからな。俺は離れて見守ってるから、自由に遊びなさい」

「うんっ。よろしくね、ユキちゃん。ぼくの名前は――」

男の子が自己紹介をしてから、わたしたちは遊園地の中に入った。

なのに、全然わくわくしなかった。隣でにこにこしてるこの男の子をがっかりさせちゃいけない。そればっかり考えてた。

だから、男の子の「何に乗りたい？」って言葉にも、何でも良いって答えた。

「じゃあ、乗りたいアトラクションがあるんだけど、いい？」

それから、命令だけを聞くロボットみたいに、わたしは男の子の後をついていった。

メリーゴーラウンドにも乗った。ティーカップにも乗った。観覧車にも乗った。

男の子が乗りたかったアトラクションは全部わたしの憧れてたもので、それなのに、あんまり楽しくなかった。

……やっぱり、わたしなんかが来るべきじゃなかったのかな。

男の子と色んなアトラクションを回る度に、怒られるんじゃないか、ってどきどきしてた。ユキちゃん何も喋らないからつまんない、そう言われるかもってびくびくしてた。

早く、この時間が終わらないかな……そんな風にゲームコーナーを歩いてる時だった。

思わず、足が止まった。

大好きなふわしばのぬいぐるみが、景品として飾られてたから。

「……ふわしばだ」

ご主人様の女の子のために、いつも頑張ってるもふもふした飼い犬。そんなふわしばのアニメを見てると、一人ぼっちの寂しさを忘れさせてくれるから、大好きだった。

もしこの子がいたら、毎日抱きしめるのに。そう思ってたふわしばが目の前にいる。

だから、男の子がわたしを見つめてることにも、ちっとも気づかなかった。

「ユキちゃん、ふわしばが好きなの？」

「っ⁉　そ、そんなことないよ？　ごめんね、早く次に行こ？」

「……ううん、別にいいよ。丁度ゲームがしたかったとこなんだ。一緒にやろうよ」

「……う、うん」

ふわしばのぬいぐるみが景品になってるのは、いくつもあるタルの中にボールを入れるゲームだった。

でも、中にはすごく小さいタルもあって、一等賞のぬいぐるみを取るためには一度もミスをせずに全部入れなきゃいけないみたい。

一回目失敗した時は、もう一度、って思えた。

三回目失敗した時は、難しいな、って思った。

そして、五回目の失敗をした時には、もうわたしの心は折れていた。

「ねえ、もういいよ。乗り物に乗る時間、なくなっちゃうよ？」

「大丈夫、コツならちょっとずつ摑《つか》んだから。お父さん、もう少し遊んでもいい？」

男の子のお父さんが頷いて、男の子はもう一度ボールを摑む。

どうして、この男の子は諦めないんだろう。こんなの出来っこないのに。

思った通り、男の子は何度も失敗をしたけれど、残念そうな顔は一度もしなかった。男の子が必死なのはみんなにも伝わったみたいで、ボールをくれる店員さんや近くにいた家族づれの人が、頑張れー、って応援してる。

そして、一〇回目。残るタルが一つになって、周りがおおっとどよめいた。

も、もしかして、全部入っちゃうの……⁉

どうにかなっちゃいそうなくらい胸がどきどきする。男の子は真剣な表情でボールを手にして大きく振りかぶって――かこん、と軽い音。

最後のボールがタルの中に入った音だった。

「〜〜っ！　やった――――――――っ！」

男の子の歓声に、周りの大人たちが満面の笑顔で拍手をする。

すごい――すごいすごいすごいっ！

興奮で胸がいっぱいになって、ぱちぱちと手を叩《たた》くことしか出来ない。男の子はトロフィーでももらうようにふわしばのぬいぐるみを受け取って……。

まるでそれが当然みたいに、わたしに差し出した。

「はい、プレゼント」

「……い、いいの？」

「ユキちゃんが欲しそうにしてたから取ったんだもん。もらってくれないとむしろ困る」

恐る恐るぬいぐるみを受け取って、その柔らかさに「わぁ……」って声が出ちゃった。誰かからプレゼントをもらってこんなに嬉しいの、生まれて初めて。

男の子は、ほっとした顔をすると、

「良かったぁ。ユキちゃん、やっと笑ってくれた」

「えっ？　わ、わたし……？」

「何に乗っても寂しそうな顔してるから、どうしようって思ってたんだ。せっかくの遊園地だし、ユキちゃんにも楽しんで欲しかったから」

思わず、ぽかんとした。もしかして、メリーゴーラウンドとかティーカップに行きたいって言い出したのは、わたしに喜んで欲しいから……？

この男の子、すごく優しいんだ。

そう思った時、何だか胸の奥が熱くなったような気がした。

「……あ、あの。あのね」

ぎゅっと、ふわしばを抱きしめる。……お願いします、神様。

今だけ、勇気をください。

「メリーゴーラウンド、楽しみにしてたの。あのお姫様が乗ってそうな馬車とか、すごく綺麗で。本当はあれが良かったけど、言い出せなくて——もし迷惑じゃなかったら、もう一度乗っても良い？」

男の子が驚いたようにわたしを見つめると、待ってました、ってみたいに笑う。

「もちろん！　じゃあ一緒に乗ろっか？」

「——う、うんっ！」

わたしの手を引く男の子の後ろで、おじさんがわたしたちを見守るように微笑んでいた。

それから、わたしは過ぎた時間を取り戻すように、その男の子とたくさんのアトラクションを巡った。気球の乗り物にも乗った、芋虫のコースターにも乗った、お化け屋敷《やしき》も怖かったけど入った。ちょっとだけ泣いた。

こんなにたくさん笑ったの、久しぶりだった。

「……遊園地って、こんなに楽しいとこだったんだ」

「そうだよね。ぼくも初めての時は、家に帰っても寝れないくらい興奮してたもん。あの時はお母さんもいて、すごく楽しかったなぁ」

「お母さん……？　今日は、お仕事なの？」

「もういないんだ。お母さん、病気で天国に行っちゃったから」

「あっ……そう、なんだ」

びっくりした。この人も、わたしと同じなんだ。

「わたしもね、生まれた頃からお父さんがいないんだ。事故で死んじゃったんだって。

「うん、泣きそうなくらい寂しい。でもいいんだ、今でもお母さんのこと好きだから」

「……寂しいよね」

「……えっ？」

　男の子が、にっと笑みを浮かべる。

「ぼくのお母さん、世界で一番優しかったんだ。だから、ぼくの将来の夢はお母さんみたいな人になることなんだ。だから、寂しいけど寂しくない。お母さんに会えなかったら、きっとこんな気持ちにはならなかったから」

「……お母さん、もういないのに？　褒めてもらえるわけじゃないのに？」

「うん。だってお母さんの代わりに、ユキちゃんみたいに別の人を笑顔に出来るから」

　言葉なんて、何も出てこなかった。

　まるで太陽みたいに、みんなを明るくしてくれる人。一緒にいるだけで、心がぽかぽかするような人。

　もしわたしがこんな人なら――たくさんの人に、好きになってもらえるかな。

「……ご、ごめん、もう一度だけ名前を教えてもらっても、いい……？」

「えっ、ユキちゃん、ぼくの名前忘れちゃったの？」

「き、緊張してただけっ。嫌いとか、そういう理由じゃないから……！」

「あはは、別にいいよ」

　あわあわするわたしに、男の子は優しい笑顔を浮かべた。

「湊《みなと》悠人、って言うんだ。改めてよろしくね、ユキちゃん」

「……悠人、君」

そっと呟くと、その名前は特別な意味を持つような気がした。

わたしも変わりたい――悠人君みたいになりたい。

そう、初めて思った。


それから、私は日向って名前が似合う女の子になるよう努力した。

誰よりも優しくなろうとした。笑顔の練習もした。清潔感のある身だしなみになるよう気を付けたし、料理も掃除も勉強も頑張って覚えた。

気が付けば、あの頃の私とは別人のようになっていた。お母さんが、先生が、みんなが私のことを褒めてくれて、それが嬉しくて嬉しくて仕方なかった。

ただ、残念なことが一つだけある。

私、こんなに変わったんだよ――そう、ユキちゃんとして悠人君にお礼が言いたかったのに。

(……まさか、高校で悠人君と再会するなんて、夢にも思ってなかったけど)

悠人君、きっと気づいてないだろうな。お母さんが再婚して私の名字は「雪代」から「朝比奈《あさひな》」になったし、何より悠人君と会ったのはあの一回きりなんだから。

でも、私は名前を聞いた時、あの男の子だって一瞬で気づいた。

あの男の子の名前を忘れたことなんて、一日だってなかったから。

「悠人君、ちっとも変わってなかったなぁ」

あの日、私にふわしばのぬいぐるみをプレゼントしてくれた男の子は、高校生になって生徒会でみんなのために頑張っていて。あの頃と同じ、ヒーローみたいな人だった。

悠人君に再会した時、私の心は遊園地で一緒に悠人君と遊んだ子どもの頃に戻っていて……その時、私は気づいてしまった。

あぁ、そっか。そういうことだったんだ。

子どもの頃に芽生えた、悠人君への胸の高鳴りは——あの初恋は、十数年経《た》った今でも、ずっと続いていたんだ。

「知らなかったなあ。……まさか、悠人君も私のこと、好きでいてくれたなんて」

忘れるはずがない。初めてこの家に来て、家族になりたいって思いを伝えて。そして悠人君は、私が好きだって言ってくれた。

だけど、私も好きです、っていうその言葉が言えなかった。

本当は、顔が真っ赤になるくらい嬉しかったくせに。感情を押し殺して、悠人君の告白をちゃんと受け止めようとしなかった。

だって、私と悠人君は姉弟だったから。

初めは、悠人君とは同級生でいるつもりだった。悠人君が真実を知らないなら、他人同士として生きて行こうって決めてた。

でも、悠人君への想いが大きくなるにつれ、私の気持ちは揺れてしまった。

もっと悠人君の傍《そば》にいたいって、思ってしまった。

付き合うことが許されないなら、それでも構わない。ただ悠人君にとっての特別でいたい——だから、今。私は家族として、こうして悠人君と暮らしてる。

二人暮らしを始めてから、私がどれだけ救われたか。きっと悠人君は知らない。

(私の料理を美味しいって言ってくれた。ただいまって笑顔で言ってくれた。家族として寄り添いたいって言ってくれた！)

その一つ一つの言葉を、今でも鮮明に覚えてる。同級生同士じゃなくて、家族として悠人君と繋がったことに、生まれ変わった心地さえする。

……だから。

月乃ちゃんが悠人君に告白したことに、私は何一つ、反対する権利なんてないんだ。

(月乃ちゃんも、悠人君のこと好きだったんだ)

もう、諦めたはずだったのに。

悠人君とは家族として生きていくつもりだったのに。

だから、悠人君への恋心は必死で隠してきたつもりだった。いつか悠人君を家族として受け入れて、この恋心が消えてしまえばいい。そう真剣に願ってた。

それなのに、悠人君と月乃ちゃんが交際することを想像する度に、胸の奥がちりちりと焼けるように疼《うず》く。

だからこそ、明日はきっと忘れられない一日になるんだろうな。家族としてじゃなくて、一人の少女として初めて悠人君とデートするんだから。

そうしたら——私の初恋も、終わるのかな。

「……悠人、君」

小さな頃、悠人君に会えない寂しさに何度もそうしたように。

ぎゅっと、宝物のぬいぐるみを抱きしめた。

◆

やがて夜が明けて、朝が訪れる。

まだ眠っている幼馴染を起こさないようにベッドから出て、二人分の朝食を用意する。

腹ごしらえをして出掛ける準備を終えたら、行ってきますと月乃に書き置きを残した。

よし、行こう。

向かうのは、待ち合わせ場所であるこのマンションの最寄り駅。

約束の時間に間に合うかな。焦る気持ちで、何度も時計を見ながら改札前に到着して

……思わず、石になったように固まってしまう。

いた。落ち着かないように辺りを気にしている少女——日向だ。

初めて見る服装だった。白のブラウスとロングスカート、その上に淡い灰色のニットベストを重ね着した、どこか上品さすら漂う清楚《せいそ》なコーデ。

可愛い——すごく可愛い。

……はっ、危ない。もう少しで完全に我を忘れるとこだった。

大丈夫、だろうか。今日の俺の服装は槍原にアドバイスしてもらったけど、日向に笑われたりしないだろうか。

実は、今回のデートは全面的に槍原のサポートを受けていた。高校になって初めてのデートだ、俺一人でプランを決めるのはリスクが高すぎる。

だから、家族としての絆《きずな》を深めたいから、と建前では説明して、後輩の槍原に相談していたのだった。槍原は、それって姉弟デートじゃないですか～、ってイジってたけど。

だけど、槍原は真剣に俺の相談に乗ってくれたのだ。いくつもの服屋を巡って、槍原から合格点をもらったファッションだ。

信じてるぞ、槍原。

「お待たせっ、日向」

焦る気持ちを落ち着かせて、待ち合わせをしていた日向に声をかける。

……しかし、

「あっ、悠人君。ううん、全然待ってなんか——」

まるで雷に打たれたように、日向が硬直した。

な、なんだ？　日向、こっちをじっと見つめてるけど……まさか。

「もしかして、俺の服装、ちょっとおかしかったかな。日向とのデートだから、いつもとは雰囲気変えてみたんだけど」

「……うん、悪くないと思うよ？」

そこで、日向はくるりと振り返ると、

「それより、早く駅に入ろ？　電車来ちゃうよ」

「あっ……うん、そうだな」

様子がおかしいけど、どうしたんだろ。

電車に乗った後も、日向はちっとも俺の方を向こうとしない。それどころか、あのコミュ力お化けの日向が一言も喋ろうとしない。

……まさか、そんなに俺の服装ってダサい？

槍原、あんなに時間をかけて選んでくれたのにな……いや、まだデートは始まったばかりだ。たった一度のデートなんだ、日向が楽しんでくれるよう頑張ろう。

◇

……ちょっと待って。どうしよう、これ。

今日の悠人君の服装、好き過ぎるんですけど……っ！

ダメ、ちゃんと見れない。直視なんてしたら絶対にやにやしちゃう。ロングコートとか、スキニージーンズとか、こんなに大人っぽい悠人君のファッションなんて初めて見た。それに髪も絶対セットしてるよね？　待って、無理。似合い過ぎてて語彙力が崩壊しそう。

そっか、家だと悠人君のラフな格好しか見てないからこんなに新鮮なのかな。

でも、それにしてもカッコ良すぎる……っ！

「ごめんな、変な空気にしちゃって。この服、気合入れ過ぎて浮いてるかな……」

「〜〜っ⁉　そ、そんなことないよっ⁉　えっと、その——たまには、そういうのも良いと思うよ？　私は嫌いじゃないかな」

「ほ、ほんとか？　良かった、日向にがっかりされたくなかったから、ほっとした」

「……う、うん」

「でも、もうこの服も着る機会ないかもな。日向とのデートのために用意したんだし」

「えっ——そ、そんなの絶対ダメっ！　ほ、ほら、家族同士でもコーデには気を付けた方が良いと思うよ？　たまには、悠人君のそういう服も見てみたいかな」

「そ、そうか？　日向がそう言うなら……」

ふう、良かった……じゃなくて。

どうして、こんなに動揺してしまうんだろう。今までの学園生活だって、悠人君への気持ちがこんなあからさまに出ることなんてなかったのに。

それはやっぱり……悠人君との初めてのデート、だからなのかな。

「そ、そういえば、今日は悠人君は何処に連れて行ってくれるんだっけ」

「あれ、忘れちゃったのか？　少し前に、日向に話したはずだけど」

そ、そうだったっけ？　多分、上の空で返事しちゃったんだ。ここ数日は、悠人君とのデートで頭がいっぱいだったから。

……何か、駄目だな。空回りばっかりしてる気がする。

こんな時、月乃ちゃんならきっといつも通りなんだろうな。

悠人君の幼馴染で、何年も一緒にいて。悠人君にデートに誘われても、きっと無表情に違いない。それこそ、まるで長年連れ添ってきた夫婦みたいに違いない。

何よりも、月乃ちゃんは悠人君のことが好きだから。きっと、悠人君とのデートなら喜ぶと思う。

本当に悠人君がデートに誘うべきなのは、私じゃなくて――。

「日向……？」

「っ⁉　あ、ご、ごめん。えっと、行き先をもう一度確認しておこうかな、って思って。降りる駅を間違えたら大変でしょ？」

「ああ、それもそうかもな。これから行く場所は、遊園地なんだ」

「――えっ」

ぽかんとする私に、悠人君ははにかむように口にする。

「俺が子どもの頃に、何度か行ってる思い出の場所なんだ。……多分、高校生になった今でも、日向と一緒に楽しめると思う」

◆

場所の候補なら、いくつでもあった。それでもこの遊園地を選んだのは、日向に楽しい時間を過ごして欲しかったからだ。

友達の多い日向なら、有名なスポットは何度も訪れてる可能性がある。だから槍原と相談して、あえて日向が来たことのなさそうな場所を選んだ。

何より、この遊園地は小さな頃から何度も訪れた思い出の場所だ。どのデートスポットより上手《うま》く案内する自信があった。

入場ゲートを潜《くぐ》ると、そこには昔の記憶と変わらない光景が広がっていた。期待に顔を輝かせる家族やカップル、華やかなアトラクション。溜め息が出てしまうくらい懐かしい。

……と、ふと気づく。

まるで夢でも見ているような表情で、日向がぽーっと遊園地を眺めていた。

「あっ……ご、ごめん。ちょっと、ぽーっとしちゃって」

「あ、ああ。そうなんだ……」

大丈夫だよな？　日向、さっきからやけに様子がおかしいけど……。

「と、とりあえず、アトラクションに乗ろうか。日向、絶叫系とか大丈夫？」

ぎこちない空気のまま、俺たちが向かったのはコースター系のアトラクション。普段なら日向が色々喋りかけてくれるのに、列に並んでる間、不自然なくらい彼女は無言だった。

やがて俺たちの番が来て、吊《つ》り下《さ》げ型のシートに固定される。

「うわ、何か空中ブランコに乗ってる気分。浮遊感半端ないな。……日向、大丈夫？　なんか、この世の終わりみたいな顔してるけど……」

「……あ、あはは。ちょっと怖いかも。こういうのって、実際に乗ると緊張しちゃうね」

宙に吊るされた姿勢で、コースターが動き出す。コースの頂上を目指してゆっくりと登る、まだカウントダウンの段階。けれど頂上に近づくにつれ恐怖は増していき——。

ぽつりと、日向が呟いた。

「ねえ、悠人君。もう一度確認するけど、これってデートで良いんだよね？　姉弟じゃなくて、同級生としての」

「えっ——うん、そうだな。俺はそのつもりで、日向を誘ったけど」

「じゃあ、ちょっとくらい甘えても、許してくれるよね？」

日向が恥ずかしそうに口にするのと、俺の右手がぬくもりに包まれたのは、同時だった。

日向が、俺の手を取った。

それも指を絡めるような、まるで恋人同士でしかしないような甘い繋ぎ方。

「日向……？」

「怖いから、手を繋いでて欲しい。悠人君が隣にいるって感じられたら、きっと耐えられると思うから。……ダメ？」

ずるい、って思う。

日向にそんな甘えるような顔されたら、断れるわけがない。

「……あ、ああ。それで、日向が安心出来るなら」

日向と、手を繋いでる。

さっきまでは上昇する恐怖心しかなかったはずなのに、今は右手以外の感覚が消えてしまったように、日向のぬくもりしか分からない。

やがて坂道を登り終え、壮観な景色が視界いっぱいに広がる。

けれどそれも一瞬、世界が反転するように落下を始めて——。

「私のこと、離しちゃやだよ？　……私も悠人君のこと、離さないから」

日向の囁《ささや》き声《ごえ》が、微《かす》かに聞こえた。

……そこから先は、破茶滅茶だった。

半回転したり、あと全回転したり。文字通り縦横無尽に動き回って、どんな風にレールを走ったかすら定かじゃない。

ただ一つ言えるのは、約束通り日向の手は絶対に離さなかったってことくらいだ。

コースターを降りた後も、日向は俺の手を離してくれない。恥ずかしくてどうにかなってしまいそうだけど、日向は顔を伏せていて声をかけられる雰囲気じゃない。男の俺でも結構怖かったし、日向なら尚更《なおさら》かも……と心配になった時、日向が顔を上げる。

その表情は、無邪気な笑顔だった。

「あー、怖かったぁ！　まだ胸がどきどきしてる！」

そこで、ようやく状況に気づいたらしい。日向はぱっと手を離すと、

「あっ……ご、ごめんね。迷惑じゃなかった……？」

「い、いや、全然。繋いでも良いって言ったのは、俺の方だし」

やばい、自分でも分かるくらい動揺してる。

一呼吸置いて、気分を落ち着かせてから日向に話しかける。

「でも、日向が楽しんでくれて良かった。絶叫系、結構好きなんだな」

「うん、友達ともよく乗るんだ。それに、いつかこれに乗りたいって思ってたから、ちょっと感動しちゃった！　子どもの頃は身長が全然足りなくて乗れなかったもん」

「えっ、日向ってこの遊園地に来たことあるのか⁉」

日向は、はっと顔を強張《こわば》らせると、

「う、うん。小さな頃に一度だけ、だけど」

「そうなのか！　俺も子どもの頃に何度もここに来てるから、思い出の場所なんだ。いつか日向と来たいって思ってたから、何か嬉しいよ」

「……そんなに、大切な思い出があるの？」

「うん、まあ。初めて母さんが俺を連れて来てくれたのがこの遊園地だし、小学生の頃は

月乃と遊んだこともあるし。それに一度しか会えなかったけど、友達も出来たから」

「……とも、だち」

思い出す。親父《おやじ》に、一緒に遊んで欲しい子がいる、って言われてここに来たあの日。

まるで迷子になったみたいに、とても寂しそうにしてた女の子。

あの日、この遊園地で出会って、その娘を笑顔にしたくて一緒にアトラクションに乗った。初めは俺の顔も見てくれなかったのに、あれに乗りたいって俺の手を引っ張ってくれた時は、飛び上がりそうなくらい嬉しかった。

あの時にプレゼントしたぬいぐるみ、今でも持っててくれてるかな。

「元気にしてるかな、ユキちゃん。……また、会ってみたいな」

「――――」

遠い思い出に浸りかけたその時、思わず言葉を失った。

日向の瞳から、静かに一筋の涙が零れていたから。

◇

本当は、泣いたら駄目なのに。悠人君を困らせてしまうだけなのに。

悠人君の口から、ユキちゃん、って言葉が出た瞬間から、涙があふれて止まらなかった。

「そっか――また会いたい、かあ」

覚えててくれた。覚えててくれた。覚えててくれた！

十数年間、ずっと想い続けてた男の子が、私のことを忘れないでくれていた。ただそれだけのことなのに、言葉に出来ないくらいの激情に、頭がじんと甘く痺れてる。

悠人君にとって小さな頃の私は、何処にでもいる女の子の一人じゃなかった。

それだけで、全部が報われたような気さえした。

「日向……？　まさか——」

愕然《がくぜん》としたような表情で、悠人君が口にする。

「ユキちゃん、なのか……？」

果たして、どれだけの時間が流れただろう。遠くから楽しそうな声が聞こえてくるなかで、私と悠人君はずっと見つめ合い——うん、決めた。

ごめんね、悠人君。

そして、私は悠人君に、嘘をついた。

「ユキちゃんって、誰のこと？　……私には、分からないな」

悠人君が、ぽかんと私を見つめていた。

でも、これでいいんだ。

だって、もし私がユキちゃんで悠人君が憧れの人だったたって告白したら——私が悠人君が好きだって、バレちゃうかもしれないから。

だから、これからも悠人君と家族でいるためには、きっとこれが一番良いんだ。

「えっ……じゃ、じゃあ、日向がいきなり泣き出したのって……？」

「さあ、どうしてかな。悠人君には教えてあげない」

まるで卒業式の日みたいに、不思議なくらい心が清々《すがすが》しい。

青空の下、私はこの思い出の遊園地で思いっきり身体を伸ばすと、

「ねえ、次は何に乗ろっか？」

指先で涙を拭い、悠人君に微笑みかける。

「まだまだデートはこれからだもん。……今日は、忘れられない一日にしてね？」

悠人君の優しい笑顔を見た時から、分かってしまった。

私はやっぱり、悠人君が好き。

きっとこの気持ちを抱えたまま、私は悠人君と家族として生きていくんだろうな。この初恋がいつ終わるのか分からないけど、また苦しくてどうにかなりそうな時だってあると思う。

けど、今だけは。この瞬間だけは。

悠人君に片思いする女の子として、一緒にいたかった。

◆

どうして、日向は涙を流したのだろう。

そのことで頭がいっぱいで、俺は呆然《ぼうぜん》とするばかりだった。

俺の知っているユキちゃんという少女は、無口で臆病な女の子だ。けれど今、俺は確信にも近い予感を抱いている。

雰囲気はあの頃と全く違うけど、日向がユキちゃんだったんだ。

だっていうのに、日向はユキちゃんなんて知らないなんて口にしてる。

じゃあ、どうして日向は泣いたのだろう。

どうしてこんなに——晴れやかな笑顔を、浮かべてるのだろう。

「ねっ、悠人君。ぼーっとしてたら置いて行っちゃうよ？」

「あっ……ああ」

「次はどれに乗ろっか？　一日だけのデートだもん、ちょっとは恋人気分にならないとだよね」

いつもと変わらない日向に、戸惑いを隠しきれない。

やっぱり、日向とユキちゃんは別人？　いやでも、改めて見れば面影があるし、何より涙を流したことに説明がつかない……い、いや、大事な日なのに、何を考えてるんだ俺は。

デート中にうわの空になりかけた、その時だ。

何かに気づいたように、日向が足を止めた。

そして周りを見て、バルーンアートを配っているスタッフを見つけると、

「ちょっとだけ待ってて？　あそこのバルーンアート、もらってくるから」

意外だ。日向って、子どもっぽいところがあるんだな。

日向は花の形をした可愛らしいバルーンアートを受け取ると、

「悠人君、ちょっと訊《き》きたいんだけど……多分あの娘、迷子だよね？」

「えっ？」

日向の視線の先には、俯いたままベンチに座る小さな女の子。ぽつんとたった一人でいるその表情は、今にも泣き出しそう。

そう気づいた時には、もう日向は少女に歩み寄っていた。

「こんにちは。一人みたいだけど、どうしたのかな。お母さんは？」

同級生の頃からずっと見てきた、日向の優しい笑顔。

けれど女の子は日向に目を合わさず、心細そうに、

「……いなく、なっちゃった」

「そっか、寂しいよね。良かったら、お姉ちゃんが一緒に捜してあげようか？」

「……いい、ここにいる。知らない人について行っちゃダメって、ママが」

参ったな。無理にこの娘を連れて行けば泣いてしまいそうだし、だけどこのままにするっていうのも……。

そんな少女に、日向は柔らかい笑顔を向けたまま、

「そうなんだ、偉いね。ちゃんとお母さんとの約束を守ってるんだ。じゃあ、お姉ちゃんも一緒にここでお母さんを待っても良い？　一人だと怖いもんね」

「…………うん」

日向が少女の隣に座る。知らない人に声をかけられたという不安と、声をかけてくれたという安堵《あんど》がない交ぜになったような、複雑な表情。

そんな少女に、日向は手にしてたバルーンアートを見せると、

「ねっ、お姉ちゃんとクイズしない？　これ、なーんだ？」

「……お花？」

「正解！　これ、バルーンアートって言って風船で出来てるんだよ？」

「風船なの？　こんなに可愛いお花さんなのに？」

「不思議だよね。良かったらこれ、もらってくれないかな」

「えっ、いいの？」

「クイズに正解した景品、ってことで。はい、おめでとう」

「わあ……！　ありがと、お姉ちゃんっ」

初めて、女の子に笑顔が浮かんだ。

やっぱり、日向って凄い。あっという間に知らない女の子と打ち解けてしまった。

「どういたしまして。でも、お姉ちゃんじゃなくて、日向って言うんだ」

「日向お姉ちゃん？　えっとねえっとね、陽菜《ひな》はね、陽菜って名前なの！」

「そっか、私と名前が似てるね。じゃあ、陽菜ちゃんって呼んでもいいかな？」

そっと、日向が俺に目配せをする。

──私が陽菜ちゃんを見てるから、お母さんを捜してきてくれる？

そうお願いされてるような気がして、俺は頷いてから迷子センターに向かった。

数分後、迷子の案内放送をしてもらってから大慌てで現れた母親と共に元いた場所まで戻ると、陽菜ちゃんは母親に駆け寄った。

「陽菜っ！　ごめん、一人ぼっちにさせちゃってごめんね……」

「でも、陽菜泣かなかったよ？　日向お姉ちゃんがね、一緒にいてくれたんだー」

「そうなの……お世話になりました。陽菜を保護してくれてありがとうございます」

「いえ、無事に会えて良かったです。……ねっ、陽菜ちゃんはさっき、知らない人について行っちゃダメって言ったよね？」

陽菜ちゃんに目線を合わせるように屈《かが》んで、日向は微笑んだ。

「でも、私と陽菜ちゃんはもう知らない人同士じゃないよね？　今度会ったら、一緒に遊ぼうね」

「うんっ！　ありがと、日向お姉ちゃん！」

手を繋いで去って行く母娘《おやこ》を、日向は小さく手を振って見送ると、

「悠人君もありがと。私のアイコンタクト、分かってくれたんだ」

「日向とは高校一年の頃からの付き合いだしな。何を求めてるかくらいなら、何となく。それより、迷子の子どもを見つけてすぐに駆け寄るの、日向らしいっていうか」

「あはは……ごめんね、デート中なのに」

「全然いいよ。でも、バルーンアートはあげちゃったし、また新しいのもらおうか？」

「あっ、それはもういいよ？　元々、あの娘にあげるつもりだったから」

「えっ……」

思わず、ぽかんとしてしまった。

それってつまり、迷子の子どもを安心させるためにバルーンアートをこっそりもらったってことか？　それも、俺には自慢も何もしないで、ただ自然に。

おい、ちょっと待ってくれ。

日向、優しすぎるだろ……！

「悠人君、どうかしたの？」

「いや……ちょっと、感極まり過ぎて。悪い、言葉に出来ないくらい感動してる」

「……？」

まあ、日向には分からないよな。これが日向にとっては普通のことなんだから。

やっぱり、日向は変わってないんだ。見ず知らずの他人のためにも頑張れるような、そんな優しい女の子。それは同級生だった昔も、家族になった今も変わらない。

きっと、それが日向っていう少女なんだ。

たとえ——ユキちゃん、っていう過去があったとしても。

「なあ。さっきの話に戻るけど、俺が子どもの頃に会ったユキちゃんって女の子のこと、本当に知らないのか？」

ることがある。
やっぱり俺には、ユキちゃんと日向が同一人物としか思えない。だけど、何となく分か
「ん、そっか」
「……うん、ちっとも」

日向は、日向のままでいたいんだ。

あの日、俺に心を開いてくれたユキちゃんとしてじゃなく。真面目で、頑張り屋で、優しい朝比奈日向として俺といたいと思ってる。

だったら、俺はそれでも構わない。日向が望むならユキちゃんのことは忘れよう。

俺が片思いをしたのは、そんな少女なんだから。

「じゃあ、きっと俺の気のせいだな。でも、日向がユキちゃんじゃないっていうなら、ちょっと残念かも」

「残念って、どうして？」

「日向って、ユキちゃんと全然違う女の子だったから。日向みたいに誰にでも好かれるような女の子になるために、凄く努力したんだろうなって。それが、嬉しかったから」

「……その言葉、ユキちゃんが聞いたらきっと喜ぶと思うよ」

目の前にいる少女がユキちゃんでなく日向だというなら、俺の想いは変わらない。

たった一度の、日向とのデートなのだ。

思い残すことがないように、一秒だって無駄にはしたくない。

「あっ、そういえば言い忘れてたことがあるんだけど」

くす、と日向は笑みを零す。

「悠人君、今日の服装似合ってるね。カッコいいと思うよ？」

「えっ——あ、ああ。ありがと。でも、これ選んだの俺じゃないんだ。俺にファッションのセンスとかないからさ、槍原が色々アドバイスくれたんだよ」

な、なんだよ。いきなり、似合ってるだなんて。今朝は日向の反応がいまいちだったから、ダサいのかなって心配してたのに。

そんなこと言われたら、思わずにやけそうになるじゃないか。

……ああ、そうだ。大切なこと忘れてた。

「そういえば、言い忘れてたの俺も同じだな。……日向の私服も似合ってるよ」

「……そ、そうかな。何か、真顔で言われると照れちゃうね」

日向がはにかみ、俺たちは園内を歩く。

「あっ！　ねえ、悠人君。今度はあれに乗ってみない？　子どもの頃に身長のせいで乗れなかったから、ちょっと憧れてたんだ」

日向が顔を明るくして指をさしたのは、ウォーターライド。落下でずぶ濡《ぬ》れになる、この遊園地でも人気なアトラクションだ。

「俺は構わないけど、大丈夫か？　今はちょっと肌寒いし、全身が濡れたら風邪とかひくんじゃ……」

「悠人君は私に看病してもらえるから平気なんでしょ？」

「日向からうつされるのと、自分から罹《かか》りに行くのは別だって」

それに、俺よりも日向の方が心配だ。日向は体調を崩したばっかりだし、もしかしたらまた高熱を出してしまうかも。

……そこで、閃《ひらめ》いた。ウォータースライダーで、日向が濡れずに済む方法。

「あのさ、ウォータースライダーに乗るなら条件があるんだけど、いいか？」

きょとん、とする日向……そして。

俺は羽織っていたロングコートを、日向に着せてあげた。

「濡れないように、これで乗ること。……どうかな？」

「えっ……悠人君は、いいの？　悠人君も水、被《かぶ》っちゃうんだよ？」

「後でコートを返してもらえばすぐに温まるし、俺なら平気だって。それより、日向がまた風邪を拗《こじ》らせる方がずっと怖い」

「そ、そっか……えへへ、悠人君のコートかあ。男の子にかけてもらうのって、初めて」

「……そ、そうか。けど別に問題ないよな。だって――」

弟が姉に服を貸すなんて、ありふれた話だもんな――それが失言だと気づく前に言葉を呑《の》み込《こ》めたのは、本当に幸運だった。

俺は何を言おうとしてるんだ？　姉弟だからおかしくない？

違うだろ、そうじゃないだろ。

一人の少女として日向と同じ時間を過ごしたい、って言ったのは俺なんだ。恥ずかしさの逃げ道に、家族なんて言葉を使っちゃ駄目だ。

「——デート、だもんな。相手にコートを貸しても全然不思議じゃないよな」

「〜〜っ！　う、うん。そうだよね。……今日くらい、恋人同士だって勘違いされても、別に良いよね」

まるで照れ隠しのように、日向が俺のコートで口元を隠す。その仕草がやけに可愛らしくて、俺は慌てて視線を逸《そ》らした。

ヤバい、恥ずかしくってまともに日向と目を合わすことも出来ない。

列に並び、やがて俺たちの番が来る。

ウォータライドはゆっくりと上昇を始めるけど、俺は隣にいる日向のことしか考えられない。そっと隣を見れば、日向は心ここにあらず、って風に頰を染めていた。

そのまま頂上に到達し、悲鳴が出そうなくらいの速度で落下が始まる。水面に突っ込み、水しぶきが大きく上がって……。

——あっ、ダメだこれ。

身体どころか、頭までずぶ濡れになる。

想像以上に水しぶきが大きいことを理解した瞬間、俺は日向の肩を抱き寄せていた。

「えっ——」

日向の小さな声と同時に、全身を濡らすほどの水が降り注ぐ。

やがて乗り物はゆっくりと動き出し、他の人たちの楽し気な声があがる……けれど、そんな周囲の音さえ、俺にはほとんど聴こえない。

吐息がかかりそうなくらいの距離に、日向がいたから。

俺は指先一つ動かすことが出来ない。手のひらに伝わる日向の体温が、全てだった。

やがて、先に口を開いたのは俺だった。

「その、守らなきゃって思って。……迷惑、だったかな」

「……そんなわけないでしょ？　私のこと、庇《かば》ってくれたんだから」

くす、と日向が笑みを零す。

「ねえ、もう少しこのままでも良い？　……悠人君の身体、あったかい」

その笑顔は、俺と一緒に暮らしたいと言ったあの日。俺の手を取りながら浮かべた優しい笑顔そっくりで――そうだよな、と胸の中で呟く。

こんな日向の笑顔に、俺は惹《ひ》かれていったんだよな。

なあ、日向。もしも、だけどさ。

この時間が永遠に続いたらいいな――そう言ったら、日向は笑うかな。

星が瞬《またた》く夜空の下、日向と肩を並べて我が家へと帰路につく。

「今日は楽しかったなぁ。遊園地でこんなにはしゃいだの、久しぶりかも。ねえ、今度また一緒に何処か行こうよ。水族館とか、動物園とか」

「いいな、それ。けどその時は、今日みたいな一日にならないだろうな。だって、家族として一緒に遊ぶことになるんだから」

「……うん、そうだね」

街灯に照らされた日向の横顔は、どこか寂し気だった。

「ねえ。悠人君の初恋は、これで終わったの？」

「……少なくとも、俺の中で結論は出たつもり。だから、日向は何も心配しなくていいよ。明日から、俺は日向の家族として一緒に暮らしていくから」

やがてマンションに到着し、俺たちは自分の家の前に立つ。

この扉の先に行けば、俺たちのデートは終わりだ。俺にとって日向は片思いをしていた同級生から、家族思いの姉になる。

躊躇《ためら》うように、名残惜しそうに。日向が家の鍵を取り出す。

扉を開ける日向に、俺は口を開いた。

「ごめん、俺はまだ帰れない。……今すぐ、会って話をしないといけない人がいるから。日向は先に帰っててくれるか」

日向が呆気にとられたような表情をしたのは、一瞬だった。

「そっか……うん、分かった。悠人君のこと、待ってるから」

「ああ。……今日のデート、楽しかった。ありがとな」

「……そんなの、こちらこそ、だよ？」

扉が閉まり、ゆっくりと息を吐く。頭の中に木霊するのは、さっきの日向の問い。

悠人君の初恋は、これで終わったの？

その答えを、俺はあいつに伝えなきゃならない。

隣の部屋まで歩き、インターホンを押す。扉が開いたのは、そのすぐ後のことだ。

月乃が、俺を迎えてくれた。

「よっ。約束通り、一番に会いに来たぞ」

「日向さんとのデート、どうだった？」

「…………」

「そんな困った顔しなくてもいいよ？　ちょっといじわるしただけだから。もし楽しかったとしても、わたしに言えるわけないもんね」

月乃に誘われるまま、リビングに上がる。

「悠人は、あの日の答えを聞かせてくれるんだよね？　……じゃあ、改めて言わなきゃダメだよね」

神秘的な瞳で、俺を見つめる月乃。

その表情は、あの日。俺に告白をした時と同じくらい真剣だった。

「悠人、好き――ずっと前から、あなたが好きでした」

それは、日向が幼馴染としてではなく、一人の少女として俺に告げた言葉。

俺はその返事をずっと待たせてしまったけど、それも終わりだ。

伝えなければ。俺が日向と家族になるために同じ時間を過ごした、その答えを。

「……月乃。俺は――」

迷いなく、躊躇いなく、はっきりと口にする。

「俺も、月乃が好きです――俺と、付き合ってください」

◇

耳に痛いくらいの夜の静寂が、部屋の中に満ちていた。

私は一人、ふわしばを抱いたままベッドに寝転がっている。

悠人君が月乃ちゃんに会いに行ったことくらい、私にだって分かる。

きっと、私には立ち入ることも出来ない会話――月乃ちゃんの告白について、二人が話してることだって。

（そうだよね。もし今日のデートで、悠人君が私への初恋を終わらせたんだったら……月乃ちゃんの告白に、答えないといけないもんね）

鉛を呑み込んだみたいに、胸が苦しい。

悠人君と家族として生きるって決めたのは、私だ。悠人君と暮らすためにこの家を訪れた時は、喜びすらあった。

それは、今でも変わらない。悠人君の家族になれて良かったって心から思ってる。

だけど、もし。悠人君と月乃ちゃんが付き合ったら。

それは、嫌だな——すごく嫌だ。

そんな風に思う権利なんて、家族として生きるって決意した私にはないのに。

「……悠人君」

瞼《まぶた》の奥に涙の気配が込み上げて、ぎゅっとふわしばを抱きしめた時だ。

玄関の扉が開く音がして、私は弾《はじ》かれたように飛び起きた。

焦る気持ちを抑えてリビングに行くと、ソファに腰を下ろす悠人君がいた。

「……月乃ちゃんとのお喋《しゃべ》りは、もういいの？」

「うん、まあな。伝えたいことは全部言ったから。……月乃、日向に感謝してたぞ。悠人のデートに付き合ってくれてありがとう、って」

「いいよ、そんなの。本当に辛《つら》いのは、月乃ちゃんの方だったんだから」

「そうだな、月乃にはずっと答えを先延ばしにしてたし。……でも、もう日向への初恋にケジメは付けたから」

全身が凍り付いたみたいに、硬直した。

「なあ、日向。月乃の告白だけど——」

止めて、その先は言わないで。

もし、月乃ちゃんと特別な関係になった、なんて言葉を聞いてしまったら——。

「待って、悠人君——！」

「今はまだ、付き合えないって言われた。……どうやら俺は、月乃にフラれたらしい」

「………えっ？」

その瞬間、その場に崩れ落ちそうなくらい、全身から緊張が抜けた。

月乃ちゃんと、付き合わない？

そう胸の中で呟く私を見つめる悠人君の表情は、今まで見たことがないくらい、真剣だった。

◆

「付き合ってください、って……悠人、そう言ったの？」

「ああ。こんな俺なんかで良ければ、だけど」

これから交際するというのに、不思議なくらい羞恥はない。

それくらい、月乃と共にいた時間が長かったから、だろうか。

「そっか、そうなんだ。じゃあ悠人は、日向さんへの初恋が終わったんだね」

「それは、違うと思う。多分だけど、日向が好きだっていう俺の気持ちは、変わってないんだ」

「…………えっ？」

驚きに染まる表情をする月乃に、俺ははっきりと口にする。

「今日、日向と特別な時間を過ごして気づいたんだ。やっぱり、俺はどうしたって日向って女の子が好きなんだって。その気持ちだけは、絶対に変わらない。誤魔化すことなんて出来ない」

日向にとって特別な相手として、二人きりで出掛ける。その夢さえ叶えられたなら、未練なくこの恋心を諦めて、家族として一緒に生きることが出来るって思ってた。

でも、そうじゃなかった。今でも、日向といると胸が高鳴ってしまう自分がいる。

けど、それは当然だったんだ。日向が同級生だろうと、生徒会長だろうと、あるいは家族だろうと。その全部が日向っていう、俺が片思いをした少女だ。

だから、日向といる限り、きっとこの想いが消えることはないんだと思う。同級生だろうと、家族だろうと、日向は日向なんだから。

「だからさ、分かったんだ。日向への初恋がずっと続くっていうなら、そのままの俺で日向を家族として隣にいようって」

たとえば、大学に合格したり、仕事に就いたり、結婚をしたり。そんな俺と日向の人生を、お互いに祝福しながら歩んでいきたい。

「じゃあ、悠人は日向さんを恋人にするのを諦めた、ってこと？」

「そうだな。要するに、俺は開き直ったんだ。初恋が叶わないし忘れられないなら、そのままの俺で日向と家族でいたい。それが、俺の答えだ」

「……悠人、初めてわたしが告白した時よりもずっと、すっきりした顔してる」

そうかもしれない。不思議と、今は心が軽い。

「日向さんには感謝しないと。日向さんが悠人に付き合ってあげたから、やっと悠人の初恋に決着がついたんだもん」

月乃は、俺をじっと見つめると、

「だから、わたしと付き合うって言ってくれたの？」

「もう迷いは消えたからな。だから、改めてお願いします——俺と、付き合ってください」

これでもう、俺と月乃は今までみたいな幼馴染じゃいられない。

やがて、月乃の桜色のくちびるがゆっくりと動く。

「ごめんなさい——悠人とは、まだ付き合えません」

…………………………。

ん？

「えっと、気のせいだよな？　今、付き合えないって……」

「言葉通りだよ？　わたしは、悠人と恋人になりたいって思ってないんだ。だってわたしのさっきの告白は、悠人を好きって言っただけだよ？　付き合いたい、なんて一言も言ってないもん」

「——ええっ⁉」

いやでも、今までだって俺と特別な存在になりたいとか、そういうこと言ってたのに。ってていうか、月乃と恋人になるんだっていう俺の覚悟は……⁉

「悠人が好きって気持ちは、今も変わらないよ？　でもね、悠人と恋人同士になるためには、もう少し時間が必要だって思うんだ」

「……どういう、ことだ？」

「だって悠人は、わたしを幼馴染として好きって言ってくれてるから。……少しずつ、悠人はわたしのことを女の子として見てくれてるけど。その気持ちがまだふわふわしてる間は、悠人と付き合えない」

思わず絶句するが、同時に不思議なくらい月乃の言葉を受け止めてる自分がいる。

今まで無意識だったけれど、月乃の言葉は的を射ているのかもしれない。

俺にとって日向は、今日を境に『同級生』から『家族』になった。

けど月乃は、俺にとってはまだ『幼馴染』……月乃が望む、『一人の少女』として、関係を築けているか俺には自信がない。

「いや、だけど。だからこそ、俺は月乃と付き合いたいって思ってるんだ」

「……どうして？」

「月乃のこと、もっと知りたいから。たとえ幼馴染同士でも、恋人の関係になればいつか月乃を一人の少女として好きになるかもしれないから。……そんな月乃を、俺は今まで何度も見てきたんだ」

月乃が俺に告白をしたあの日から、彼女は一人の少女として俺に接してきた。

それは、小さい頃から一緒にいた俺ですら知らない月乃の一面で、そんな少女に心が惹かれている自分がいた。

「だから、今はまだ幼馴染同士かもしれない。それでも、いつか恋に変わるかもしれないから——俺と、付き合って欲しいんだよ」

「…………………」

まるで夢見る乙女のような、ぽーっとした月乃の表情。

けれど、彼女は寂しそうに首を振る。

「悠人の言葉は、とても嬉しい。でも、今はまだ悠人の気持ちには応えられない」

「……今はまだ？」

「だって、悠人には日向さんがいるから。……日向さんはまだ、悠人と家族になったばかりだから。わたしが悠人と付き合って、今の悠人と日向さんの関係を壊したくないんだ」

日向が心配だから。

それだけの理由で、俺と付き合うことを今はまだ諦めてくれるのか。

「日向さんが今の二人暮らしに慣れるまで、悠人とは恋人関係にはなれない。だけど、今までみたいに幼馴染でいたくない。……だから、ね。もう少しだけ、一人の女の子として悠人の傍にいさせて欲しい」

上目遣いで俺を見つめる、月乃の揺れる瞳。

「そうすれば、いつか悠人が日向さんといる時くらい、わたしにどきどきしてくれるかもしれないから。……ダメ、かな」

「……はは」

今まで俺は、月乃のことを家族と同じくらい大切に思ってた。

だからこそ、月乃の想いに向き合うためには。幼馴染でも恋人でもなく、俺も一人の少年として、月乃の傍にいるべきなんだろうな。

「そんなの、俺に断る権利なんてないだろ？　だって俺は、月乃のお願いはどんなことでも叶える、って約束したんだから」

「……うん、そうだね」

そして、月乃は天使のように可愛らしく微笑むのだった。

「覚悟してね？　悠人はわたしの幼馴染で、お世話係で、それにこの世界で一番好きな人だもん――これからも、たくさん甘えるから」

「……そう、なんだ。月乃ちゃんが、私のために」

日向がそう呟くと、崩れるようにぺたんとその場に座った。

「日向……？」

「……えっと、ね。私のせいで月乃ちゃんが悠人君と付き合えないってこと、凄く悪いなって思ってるんだよ？　でも――でもね」

そして、日向は今にも泣きそうな顔で笑う。

「どうしようもないくらい、ほっとしてる。……悠人君と今までの関係でいれるんだって」

「……うん、そうだな。俺も、日向との二人暮らしは気に入ってたし」

きっと、ここからが俺たちの再出発だ。

日向への初恋に区切りをつけて、俺は彼女と家族として寄り添って生きていく。

……ああ、そうだ。

日向が家族だっていうなら、彼女に言わなきゃいけない言葉がある。

いつもこの家に帰る度に、真っ先に日向に口にしてる言葉。

「そういえばさ、言い忘れたことがあるんだ」

座り込んだ日向に、手を差し伸べる。

「ただいま、日向」

「──うん。おかえり、悠人君」

そして、日向は笑顔で俺の手を掴む。……うん、やっぱり日向はこんな風に優しく笑ってる方が似合ってる。

日向は向日葵《ひまわり》の女神で、俺が片思いをする少女で──俺の家族、なんだから。

エピローグ

日向《ひなた》にとっては家族として、そして月乃《つきの》にとっては一人の異性として、ゆるやかに俺の日々は過ぎていく。

って言っても、傍目《はため》から見れば大きな変化があったわけじゃない。日向が率先して家事をしてくれたり、俺が月乃のお世話をしたり。今までと変わらない日常だ。

だから、今だって。俺はこうして、月乃の夕食を作っている。

「悠人《ゆうと》、今日のご飯はなに？」

「んー、サバの味噌《みそ》煮。魚料理って面倒だから避けてたんだけど、日向の料理を食べてると俺も作れる料理増やさなきゃなーって。まずは簡単なやつから挑戦してるんだ」

「そうなんだ。頑張ってね、悠人のこと応援してるから」

「……気持ちは嬉《うれ》しいけど、そう見つめられると手元が狂いそうなんだけどな」

さっきから、月乃はキッチンまで運んだ椅子に座って、まるで鑑賞でもするように俺のことをじ～っと見つめていた。

「気にしないで。悠人が料理するとこを見るのが好きなだけだから」

「幼馴染《おさななじみ》ながら、変わった趣味してるな」

「そうかな。料理をしてる悠人って、カッコいいって思うんだけどな」

「…………そ、そっか」

「あっ、今照れたでしょ？」

「……そりゃそうだろ、そんな真顔で褒められることあんまり無いんだから」

そう言い訳する俺に、月乃は満足そうに微笑《ほほえ》むのだった。

料理が完成すると、時刻は六時に差し掛かろうとしてた。そろそろ帰らなければならない時間だ。

「じゃあな。また明日にでも料理の感想聞かせてくれ。……ああ、そうだ」

見送ってくれる月乃に、振り返る。

「良かったらさ、今度二人で何処《どこ》か行かないか」

「えっ……わたしが、悠人と？」

「この間は日向と出掛けたし、月乃とも遊びに行くのも悪くないかなって」

「……それって、幼馴染として？」

「いや、違う。この前も言った通りさ、俺は月乃のことをもっと知りたいんだよ。そうだな、幼馴染っていうよりは……同級生として、月乃と何処かに行ってみたい」

「……〜〜っ」

かあっ、と月乃の頬が朱に染まり、思わず胸の中で笑う。

いつも月乃に甘えられていいようにされてたけど、逆に俺から誘ったら、こんな風に顔を真っ赤にするんだな。

「悠人と、お出かけ……う、うん。考えとく。じゃあね、ばいばい」

頬を緩める月乃に別れを告げ、俺は部屋を去った。

◇

悠人君が我が家に帰ってきたのは、さあ今日も悠人君のために夕飯を作ろう、とエプロンを付けた時だった。

「あっ、おかえり。……えへへ」

「うん、ただいま」

つい頬を緩ませて、私は悠人君に喋《しゃべ》り掛ける。

「ごめんね、もうちょっと料理に時間がかかりそうなんだ。少しだけ待っててくれる？」

「ん、了解。代わりに、何かしようか？　風呂の準備とか、掃除とか」

「それなら大体終わってるから大丈夫だよ？　悠人君はゆっくりしててもいいから」

「……凄《すご》いな、相変わらずこっちが申し訳なくなるくらいの手際の良さだな。ありがとな。何か手伝って欲しいことあるなら、何でも言ってくれていいから」

そこで、悠人君は躊躇《ためら》うように口ごもる。

けれどそれも一瞬、わずかに照れたように言葉にした。

「俺は、日向の家族だから」

「……うん、ありがと。無理なんてしてないから、気にしないで？」

悠人君が口にする家族という単語は、とても優しい響きをしていた。

うん、これでいいんだ。

私が小さな頃に出会ったユキちゃんだったことも、再会するまでずっと初恋をしていたことも。全部秘密にしたまま、悠人君のお姉ちゃんとして一緒に暮らしていく。

そんな日々が愛《いと》しいって、胸を張って言える。

「うん、出来た」

数十分後、夕飯が完成してエプロンを外す。悠人君を呼びに部屋の前まで行こうとして、けれどリビングで足を止めた。

悠人君がスマホを手にしたまま、ソファでうたた寝をしてたから。

月乃ちゃんの料理を作り終えて、疲れちゃったのかな。二人暮らしを始めた時はお互い気を遣ってたから、悠人君のこんな無防備な姿なんて初めてだ。気持ち良さそうに寝息を立てていて、きっと今なら何をしても気づかない——……。

…………何を、しても。

小さく、心臓が跳ねた。

呼吸を抑えて、そっと悠人君に近寄る。目の前にある悠人君のあどけない寝顔に、鼓動が大きくなっていくのが分かる。

月乃ちゃんが悠人君と付き合わないのは私への優しさで、それは今だけの話だ。

いつか、悠人君はきっと、月乃ちゃんの彼氏になると思う。

でも、私には悠人君に告白する権利すらなくて……だからこそ、少しくらいなら。悠人君が知らないところで、思い出を作るくらいなら。

だって、私は悠人君の家族なんだもん。

お姉ちゃんが弟にいたずらをするくらい、普通だよね。

「――――」

少しずつ、悠人君の口元に顔を寄せる。心臓の音が悠人君に聴こえるんじゃないかって心配になるくらいうるさい。

まるで映画のワンシーンみたいに、ほんのちょっと近づくだけで重なる距離。

ぎゅっと手を握って、私は優しく初めてのキスを――。

「――日向」

心臓が、止まったかと思った。

全身が凍り付いて身動き一つ取れない。けれど幸いなことに、悠人君は目を覚まさず眠ったままだ。

もしかして、寝言で私の名前を……？

そう気づいた瞬間、夢から覚めた気分だった。

（……バカだな、私って）

こんなの、絶対に許されないのに。

危なかった、あとちょっとでも理性が溶けてたら、本当に実行してしまうところだった

——そう、悠人君から離れようとした時だ。

小さく、悠人君が瞼《まぶた》を開けた。

◆

霞《かす》んだ視界に真っ先に映ったのは、俺を見下ろす少女の顔。

けれど、それも一瞬だった。少女は弾《はじ》かれたみたいに俺から離れ、目に映るのは我が家の天井……そこでようやく、ぼやけた意識がはっきりとしだした。

ああ、そっか。料理が出来るまでスマホを弄《いじ》ってて、そのまま寝落ちしたのか。

「お、おはよ。そんなとこで寝てたら、風邪ひいちゃうよ？」

視線を移せば、離れた場所で日向がこっちを見ていた。

けれど、何故《なぜ》だろう。やけに日向がそわそわしているような。

「ん……ああ、悪い。つい寝ちゃったみたいだ」

けど、起きる瞬間に見たあの光景は何だったんだろう。

まるでおぼろげな夢みたいにはっきりとしない。あと数分もすれば、綺麗《きれい》に俺の記憶から消えてしまうだろう。

だけど、ほんのわずかに覚えてる。

吐息がかかりそうなくらい、日向が顔を近寄せていて。そして日向は、まるで恋する乙女のように、頬を染めていたような……。

「そ、それより悠人君、夕飯ならもう出来たよ。一緒に食べよ？」

「あっ……うん、そうだな」

ソファから起き上がり、日向と一緒に夕食が並んだテーブルに着く。

そして、日向と暮らし始めてから一度も欠かしたことのない言葉を口にした。

「今日の料理も美味《おい》しそうだな。いただきます」

「……うん、どうぞ」

そして、日向は――俺の姉さんは、はにかむように微笑むのだった。

あとがき

最後までお読み頂きありがとうございます。弥生志郎《やよいしろう》です。

今回も縁があって講談社ラノベ文庫様より本が出せました。しかも初めてのＷＥＢ小説の書籍化！　書籍になる前に『はつおさ』の物語を読んでくれた皆々様、応援ありがとうございました。

また、知らなかった方は『小説家になろう』さんと『カクヨム』さんにて今作の続きが読めますので、よろしければお寄りくださいまし。

で、今回は作家人生初めてのＷヒロインです。つまり、ボーイ・ミーツ・ガール（ズ）です。略してＢ・Ｍ・Ｇ（Ｓ）です。もう何が何やら。

二人のヒロインは、お互いが正反対な女の子にして、一度で二度美味しいラブコメにしたい――それが今作の原動力です。

何故って、僕がどちらの女の子ともラブコメしてる小説が書きたかったからです。

女の子に甘やかされたいけど、それと同じくらい甘やかしたい。新婚みたいな二人暮らしがしてみたいけど、幼馴染みたいな距離感の女の子といたい。それに焦れ焦れな二人も見てみたいけど、女の子にぐいぐい来られて照れてる主人公も見てみたい。

うん、どう考えてもヒロイン一人じゃ無理だよね、物理的に。

じゃあもう一人ヒロインを増やしちゃおう。と、まあそんな感じです。

だから、どちらが正ヒロインではなくて、どちらも正ヒロインです。日向《ひなた》も月乃《つきの》も同じくらい魅力が伝えられるような物語にしたつもりです。この小説を読み終わった時、少なくともどちらかの女の子を好きになって欲しかったから。

でも、今巻はどちらかといえば日向にスポットが当たった物語になってしまいましたね。次巻があるなら月乃をフィーチャーした小説にしたいな～。

遅くなりましたが、謝辞の方をば。最後までお付き合いしてくれた担当編集者のS様、二人のヒロイン、そして他のキャラクターたちを色鮮やかに描き命を吹き込んで頂いたむにんしき様、カバーデザインを手掛けて頂いたデザイナー様、鋭く文章の指摘をして頂いた校正様、それに印刷所様、全国の書店様。

そして何よりも、この小説を読んでくれたあなたへ。ありがとうございました。

では、これにて。また会う日までお元気で。

弥生　志郎

ファンレター、
作品のご感想を
お待ちしています。

あて先

〒112-8001　東京都文京区音羽2-12-21
(株)講談社ラノベ文庫編集部 気付

「弥生志郎先生」係
「むにんしき先生」係

より魅力的で楽しんでいただける作品をお届けできるように、
みなさまのご意見を参考にさせていただきたいと思います。
Webアンケートにご協力をお願いします。

https://voc.kodansha.co.jp/enquete/lanove_123/

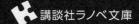

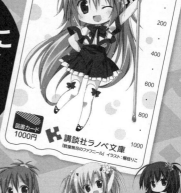

講談社ラノベ文庫

初恋《はつこい》だった同級生《どうきゅうせい》が家族《かぞく》になってから、幼馴染《おさななじみ》がやけに甘《あま》えてくる

弥生志郎《やよいしろう》

2021年10月29日第1刷発行

発行者	森田浩章
発行所	株式会社　講談社 〒112-8001 東京都文京区音羽2-12-21
電話	出版　(03)5395-3715 販売　(03)5395-3608 業務　(03)5395-3603
デザイン	百足屋ユウコ+フクシマナオ(ムシカゴグラフィクス)
本文データ制作	講談社デジタル製作
印刷所	豊国印刷株式会社
製本所	株式会社フォーネット社

KODANSHA

ISBN978-4-06-526061-6　N.D.C.913　261p　15㎝
定価はカバーに表示してあります

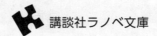

講談社ラノベ文庫

中古（?）の水守さんと付き合ってみたら、やけに俺に構ってくる1～2

著:弥生志郎　イラスト:吉田ばな

恋愛なんて非効率だ——そんな恋愛アンチを掲げる十神里久は、
ある日の放課後に探し物をする女子生徒を見かけ声をかける……が、
「もしかして、私とえっちなことしたいの？」「え……はい？」
その水守結衣という少女は、ビッチとして有名な学校一の嫌われ者らしい。
その後、里久は水守の探し物を手伝ったことをきっかけに仲良くなり、
後日告白されることに……⁉